Pilamaya

*Josy
und die Hüter
der vier Himmelsrichtungen*

JW

ISBN 3-939434-02-7
978-3-939434-02-3
1. Auflage 2006

Bilder, Vorlagen und Grafik-Design von
• spotted eagle
• Sarah Heil
• Holger Müller

Originalausgabe

Jochen Werz Verlag
Gartenstr. 1
D-67377 Gommersheim
e-mail: jochenwerz@t-online.de
Fon 06327 977 696
Fax 06327 977 697

Die Handlung ist frei erfunden und etwaige auftretende Ähnlichkeiten mit lebenden Personen sind rein zufällig und nicht beabsichtigt.

Für alle kleinen und großen Menschen
auf ihrem Weg

Gute Wünsche und Träume
sind Kräfte
die dir Flügel verleihen

Ängste und Sorgen
die Fesseln
die dich am Boden halten

Bevor die Geschichte von Josy und Pilamaya beginnt, möchte ich danke sagen:

Pilamaya Sarah, du hast in deiner Begeisterung für dieses Buch und mit Hilfe deiner Begabung Stunden damit verbracht Bilder zu malen, die meine Geschichte deutlich bereichern.

Pilamaya mystery horse, ohne deine ständigen Ermutigungen wäre dieses Buch wahrscheinlich nie geschrieben worden und ohne die unzähligen Stunden, die du am Computer verbracht hast, hätte es wohl kaum die Form erreicht, in der es jetzt erscheint.

Pilamaya an meinen Verleger, der meiner Geschichte die Möglichkeit geschaffen hat, den Weg in die Öffentlichkeit zu finden.

Pilamaya an all meine Freunde im indianischen Hobby, ohne die die Auseinandersetzung mit der Thematik nicht stattgefunden hätte.

Pilamaya an all die Menschen und Tiere in meinem Leben, die mir die Erfahrungen geschenkt haben, die für das Entstehen der Geschichte notwendig waren.

Pilamaya all den geistigen Wesen, wie auch immer sie alle heißen mögen, die auch mir meinen Weg gezeigt haben und weiterhin zeigen werden und mir Kraft, Fähigkeiten und Möglichkeiten gegeben haben, dieses Buch zu schreiben.

spotted eagle

Inhaltsverzeichnis

Das gebrochene Versprechen
S.7
Beryll – der Kristallfreund
S.14
Pilamaya
S.21
Hazel – die Ponyfreundin
S.25
Großmutter Owl
S.33
Eine weitere Enttäuschung
S.40
Das Heilige Feuer
S.46
… und die Sache mit dem halbvollen Glas
S.52
Dunkle Schatten
S.56
Die Hüterin des Nordens
S.63
Noch ein Problem – und ein überraschender Brief
S.70
Zu Besuch bei den Kojoten
S.74
Die Lehre des Südens
S.83
Gelungener Start in ein interessantes Wochenende
S.88
Das Fest des Bären
S.94

Unerwartete Ereignisse
S.103
Amethyst
S.111
Ein neuer Tag – ein neues Leben
S.115

Anhang
S.126

Worterklärungen
S.127

Das gebrochene Versprechen

Krach!

Die Tür flog hinter Josy ins Schloss. Sie rannte zu ihrem Bett, warf sich darauf und verlor augenblicklich ihre gerade eben noch so mühsam bewahrte Fassung. Haltlos schossen die Tränen aus ihren Augen. In ihrem Kopf drehten sich tausend Gedanken im Kreis.

Sie verstand ihre Welt nicht mehr. Sie war einfach nur unglücklich – unglücklich, enttäuscht und hilflos. Sie nahm ihren alten Teddy in die Arme und ließ ihren Tränen freien Lauf.

Am frühen Abend war sie von ihrer Freundin Sheila nach Hause gekommen. Eigentlich hatte sie dort übernachten wollen, aber Eileen, Sheilas kleine Schwester, war krank geworden. Sie hatte hohes Fieber. Deshalb hatte Sheilas Mutter Josy gebeten lieber nach Hause zu gehen.

Schon an der Haustür hörte sie ihre Mutter albern kichern. Es war dieses unnatürliche Lachen, das Josy bereits von früher kannte... und hasste!

Ein Blick durch die Wohnzimmertür hatte ihre Befürchtungen bestätigt: Ihre Mutter saß mit Heinz, einem stoppelbärtigen, dickbäuchigen Mann aus der Parallelstraße, auf dem Sofa. Auf dem Tisch vor ihnen standen zwei leere Rotweinflaschen und eine Flasche Whiskey.

Josy wusste, was das bedeutete, aber sie versuchte sich mit dem Gedanken zu beruhigen, dass die beiden sicher etwas Besonderes zu feiern hatten. Ihre Mutter hatte ihr ja schließlich ein Versprechen gegeben!

Josys Eltern lebten in Scheidung. Schon als sie gerade sieben Jahre alt war, ging ihr Vater weg. Warum, hatte sie damals nicht verstanden – und eigentlich verstand sie es immer noch nicht.
Zunächst lebte sie zusammen mit ihrem kleinen Bruder Jonathan bei der Mutter. Wirklich erinnern konnte sie sich an diese Zeit nicht mehr, aber sie wusste noch, dass ihre Mutter oft krank war und auf dem Sofa lag. Manchmal hatte sie auch wirres Zeug geredet oder war einfach nicht daheim gewesen.
Es hatte Tage gegeben, da war sie die beste Mama der Welt, aber es war auch nicht selten passiert, dass sie ihre Kinder morgens nicht geweckt und kein Mittagessen gekocht hatte, sondern den ganzen Tag nur schlief. An solchen Tagen hatte Josy morgens, bevor sie zur Schule ging, Jonathan in den Kindergarten gebracht, ihn mittags wieder abgeholt und Rührei mit Brötchen gekocht. Sie war selbst öfter zu spät in die Schule gekommen – oft auch ohne Hausaufgaben – und es hatte jede Menge Ärger gegeben.
Die Nachbarn hatten immer mal wieder gefragt, warum man ihre Mutter denn so selten sähe und ob alles klar wäre. „Mama ist krank, aber wir kommen schon klar.“, war Josys übliche Antwort darauf gewesen.
Bis es dann eines Tages passierte:
Josy war damals neun und Jonathan sieben Jahre; sie waren gerade von der Schule gekommen.
Josy hatte es als erste gesehen, das Polizeiauto vor ihrem Haus. Ihr Vater war mit einem Polizisten in der Haustür gestanden.
Er hatte sie und Jonathan in seine Arme genommen.
„Na, dann packen wir mal, ihr zwei.“

Das war alles, was er gesagt hatte. An diesen Satz konnte Josy sich noch ganz genau erinnern. Sie wusste auch noch, wie sie dann völlig durchgedreht und ihren Vater angeschrieen hatte: „Warum? Wo ist Mama? Sag sofort, was los ist! Ist ihr was passiert?"
Sie hatte sich von ihrem Vater losgerissen und wollte außer sich ins Haus stürmen –
aber der Polizist hatte sie aufgehalten.
Dann hatte Papa ihr erklärt, was passiert war: „Beruhige dich mal, Josy. Mama ist im Krankenhaus. Sie ist gestürzt... Sie hat viel zu viel getrunken. Nun muss sie erst einmal geheilt werden und das braucht Zeit. Deshalb kommt ihr beide mit mir."
Jonathan und sie waren nur dagestanden, hatten ihren Vater angeschaut und geschwiegen.
„Na, dann ist das ja erst einmal geklärt, Mr. Brown. Bis dann."
Mit diesen Worten hatte sich der Polizist verabschiedet. Papa hatte das Nötigste zusammengepackt. Kurz darauf waren sie weggefahren – weg von zu Hause.
Was in den folgenden Wochen geschehen war, hatte Josy wie im Halbschlaf erlebt.
Ihr Vater hatte ihnen erklärt, Mama sei Alkoholikerin, deshalb müsste sie nun für lange Zeit unter ärztlicher Betreuung sein. Sie, Josy und Jonathan, dürften so lange nicht bei ihr wohnen und blieben deshalb jetzt erst einmal bei ihm.
Sie waren in eine andere Schule gekommen und es hatte Gerichtstermine und viele Gespräche mit Leuten vom Jugendamt gegeben.
Ihrem Bruder machte das alles von Anfang an wenig aus – er fühlte sich gleich bei Papa zu Hause. Und sie selbst... sie hatte sich irgendwann daran gewöhnt.

Morgens waren sie in die Schule gegangen und danach in einen Hort, wo sie Hausaufgaben gemacht und zu Mittag gegessen hatten. Wenn Papa mittags von der Arbeit gekommen war, waren sie oft gemeinsam unterwegs gewesen. Papa hatte alles irgendwie organisiert und dafür gesorgt, dass sie auch in der Schule klar kamen. Ihre Schulnoten waren in dieser Zeit richtig gut!
Ab und zu hatten sie Mama besuchen dürfen. Diese Besuche waren toll: Mama war superlieb, überhaupt nicht mehr müde und hatte sich viel Zeit für sie genommen. Jonathan war manchmal lieber bei Papa geblieben, aber sie hatte sich immer schon lange vorher auf die Mama-Tage gefreut.
Eines Tages hatte Josy ihren Vater gefragt, wann sie denn zu Mama zurück könne. Aber er hatte sie auf später vertröstet. Wieder waren Wochen und Monate vergangen.
Josy war inzwischen zehn und beinahe hatte sie sich so sehr daran gewöhnt bei Papa zu sein, dass sie den Gedanken zu Mama zurückzugehen schon fast vergessen hatte – obwohl diese längst wieder zu Hause lebte, und es ihr ganz offensichtlich gut ging.
Doch dann hatte ihr Vater eines Tages Susan mitgebracht!
Eigentlich fand Josy sie am Anfang ja ganz nett, aber Susan war immer öfter gekommen. Sie war abends mit ihrem Papa ausgegangen, hatte sich an ihren gemeinsamen Unternehmungen beteiligt, und viel mit ihrem Vater geredet und gelacht. Josy war sich meistens überflüssig vorgekommen. Eines Tages hatte sie dann gesehen, als sie sich zu allem Überfluss in Papas Zimmer umarmten und küssten.

„Hab` ich`s doch gewusst!“, hatte sie die beiden angeschrieen.
„Was, bitte, hast du gewusst, Josy?“ Die Stimme ihres Vaters hatte äußerst verwirrt geklungen.
„Ich hab`s genau gewusst! Du nimmst mir meinen Papa weg!“ Josy war richtig wütend gewesen. Ihre Stimme hatte sich überschlagen, und sie hatte sich auf Susan gestürzt und ihr einen Stoß gegeben. „Hau ab, verstehst du? Lass uns in Ruhe!“
„Josy!!“ Ihr Vater hatte sie zu sich gezogen und ernst angeschaut. „Was soll das?“
Was er dann gesagt hatte, würde Josy wohl nie vergessen: „Josy, Susan wird sicher nicht weggehen. Wir lieben uns. Wir wollen uns ein kleines Haus kaufen und dort zusammen wohnen – gemeinsam mit dir und Jonathan.“
„Und ich habe bestimmt nicht vor, dir deinen Papa wegzunehmen...“ Susans Stimme hatte traurig geklungen, aber das war Josy egal gewesen. Sie hatte nur entsetzt von ihr zu ihrem Vater geschaut! „Mit der zusammen leben? Niemals! Ich geh zu Mama! Sofort!“ Damit hatte sie sich auf dem Absatz umgedreht und war in ihr Zimmer gestürmt, wo sie völlig kopflos begonnen hatte ihre Sachen aus dem Schrank in eine Tasche zu werfen.
So einfach war das natürlich nicht. Papa war ihr wenige Minuten später gefolgt und hatte ihr deutlich zu verstehen gegeben, sie solle sofort mit dem Unsinn aufhören.
Das war kurz vor den Sommerferien gewesen.
In den darauffolgenden Wochen hatte Josy sich so dickköpfig verhalten, dass Papa ihrem Wunsch schließlich nachgab, obwohl er ihre Idee gar nicht gut fand. Er hatte mit Mama gesprochen und erneute Gespräche mit dem

Jugendamt geführt. Der Schulwechsel war diesmal kein Problem gewesen, da sie nach den Ferien die Realschule besuchen sollte, die sie ebenso gut von ihrer Mutter aus erreichen konnte.
Nun wohnte sie seit über einem halben Jahr wieder bei Mama... und Papa mit Susan und Jonathan in einer größeren Mietwohnung ein paar Dörfer weiter. Das mit dem eigenen Haus, hatte wohl noch nicht geklappt.
Josy war glücklich wieder hier zu sein, auch wegen ihrer alten Freundinnen. Es war eine tolle Zeit gewesen: Mama hatte ihr versprochen, nie wieder Alkohol zu trinken. Immer wieder hatte sie bekräftigt, wie glücklich sie sei, dass Josy wieder bei ihr war. Ihre Freundschaft zu Sheila, die jetzt ebenfalls wieder in ihrer Klasse war, war besser denn je und Papa konnte sie besuchen, wann immer sie Lust dazu hatte.
Alles war perfekt gewesen. Bis vor etwa drei Wochen... beim Aufräumen der Küche hatte Josy die leere Whiskeyflasche entdeckt – hinter dem Mülleimer.
Als sie Mama danach gefragt hatte, war diese hektisch geworden: „Ach, das ist nichts, Kind. Die war noch im Keller. Die hab ich neulich ausgeleert." Josy hatte sich mit der Antwort zufrieden gegeben.
Aber letzte Woche war dann dieser Heinz aufgetaucht und hatte mit Mama zusammen Rotwein getrunken... mehr als nur ein Glas. Mama hatte ihr zwar versichert, das sei eine absolute Ausnahme und ein bisschen Rotwein würde ja auch nicht schaden, aber Josy hatte da so ihre Zweifel gehabt. Zweifel, die sich in Angst verwandelt hatten, je länger sie darüber nachdachte. Eine Angst, die sich wie ein kaltes, schwarzes Tuch über ihre Gedanken gelegt hatte.

Und dann heute Abend... wieder eine Ausnahme... und eine Flasche Whiskey.
Gerade eben war Josy in der Küche gewesen.
Es war zwar schon zehn Uhr und sie sollte eigentlich längst schlafen – aber sie wollte noch etwas trinken.
Im Wohnzimmer hatte es nach Alkohol und Zigarettenrauch gerochen.
In der Küche hatte ein Glas geklirrt.
Sie war in die Küche gegangen und wie erstarrt stehen geblieben – ihre Mutter lag auf dem Fußboden ... neben sich ein umgefallenes Glas...
„Wie früher!", war es Josy durch den Kopf geschossen.
Ihre Mutter war betrunken!
Sie war die Treppe hoch in ihr Zimmer gestürzt, hatte die Tür hinter sich zugeschlagen und lag nun auf ihrem Bett, den Teddy im Arm und weinte bitterlich.
Ihre Mutter hatte ihr Versprechen nicht gehalten!

Beryll – der Kristallfreund

Josy saß auf der Bettkante und starrte vor sich hin. Sie hatte keine Tränen mehr. Sie fühlte sich leer.
Das gedämpfte Licht ihrer Nachttischlampe malte in ihrem Zimmer ein Labyrinth aus Schatten. Josy fröstelte in ihrem Schlafanzug. Während sie sich die Bettdecke über die Schultern zog, fiel ihr Blick auf einen großen Bergkristall, der neben ihrem Bett auf dem Fußboden lag. Es war einer jener wunderschönen Natursteinbrocken, bei denen viele unterschiedlich große, milchig-weiße bis glasklare Kristallspitzen auf einem Muttergestein sitzen.
Josy hob ihn gedankenverloren auf und betrachtete ihn genauer.

Er war schön... sehr schön...
Noch während sie dies dachte, regte sich Wut in ihr.
Dieser Stein war nicht schön. Er konnte und durfte nicht schön sein! Er war von Susan! Sie hatte ihn ihr zu ihrem elften Geburtstag geschenkt.
„Er möchte dein Kristallfreund sein“, hatte sie gesagt, nachdem Josy den Stein aus einem hübschen Kästchen ausgepackt und Susan verständnislos angeschaut hatte.

„Beschäftige dich mit ihm. Er ist ein sehr guter und kraftvoller Stein."
Josy erinnerte sich daran, wie sie augenblicklich beschlossen hatte den Stein blöd und die Sache mit dem Kristallfreund unsinnig zu finden. Seitdem lag der Kristall in der Ecke neben dem Bett.
„Ein Freund", dachte Josy spöttisch. Den könnte ich jetzt brauchen, aber wie will so ein lebloses Ding ein Freund sein! Unsinn... und überhaupt... warum schenkt diese Susan mir überhaupt etwas!? Sie soll lieber aus meinem Leben verschwinden. Alles wäre gut, wenn sie weg wäre. Papa könnte mit Jonathan nach Hause kommen... dann wäre alles wieder wie ganz früher. Wir wären wieder eine Familie...
Mama würde dann auch sicher nicht mehr trinken... Susan... sie ist an Allem schuld..."
Josys Gedanken wurden immer düsterer.
Plötzlich glaubte sie den Stein in ihrer Hand pulsieren zu fühlen, wie einen Herzschlag – oder war es ihr eigener?
Das Licht brach sich in den Kristallspitzen. Der Stein schien mehr und mehr aus sich selbst heraus zu leuchten.
Josy blinzelte – aber die Erscheinung blieb...
Sie wagte kaum noch zu atmen, geschweige denn, sich zu bewegen. Sie starrte nur auf den Stein, als allmählich alles um sie herum in einen Nebel zu versinken schien. Jetzt gab es nur noch den Stein und sie. Josy saß ganz ruhig.
„Ich möchte dein Kristallfreund sein", hörte sie – und wusste wirklich nicht, ob sie dies dachte oder ob der Stein mit ihr sprach.
Während sie noch darüber nachdachte, fühlte sie sich plötzlich leicht, so leicht als könne sie fliegen.

Alles um sie herum verwandelte sich in ein Meer von Farben, durch das sie hindurchschwebte. Sie juchzte innerlich... es war herrlich!
Sie hätte nicht sagen können, ob dieses Fliegen im Farbenmeer Sekunden, Minuten oder Stunden andauerte, sie schwebte weit weg von Raum und Zeit.
Als es aufhörte, fand Josy sich auf einem Felsen am Rande eines Waldes sitzend – den Kristall noch immer in der Hand.
Sie war überrascht... aber erstaunlicherweise kein bisschen ängstlich.
Neugier erfasste sie. Sie schaute sich um. Sie wollte wissen, wo sie hier war. Alles fühlte sich an wie ein schöner Traum.
Den Stein steckte sie achselzuckend in die Hosentasche und wunderte sich noch nicht einmal besonders darüber, dass sie jetzt lange, hellbraune Lederhosen und ein Lederhemd statt ihres Schlafanzugs trug. Sie sah jetzt fast so aus wie die Indianermädchen in ihren Büchern, die sie zu Hause immer und immer wieder las.
Nach einem kurzen Blick zurück zu dem Felsen, auf dem sie eben noch gesessen hatte, beschloss sie, sich erst einmal hier umzuschauen.

Josy kletterte auf einen höhergelegenen Felsen. Von hier aus hatte sie einen guten Ausblick.
Sie befand sich am Rande eines Gebirges, das in eine weite Graslandschaft abfiel.
Die Ebene erstreckte sich so weit das Auge reichte nach Süden und Westen. Hinter Josy, also Richtung Norden, schien das Gebirge immer höher und der Wald immer dichter zu werden.

In der Ferne sah sie kahle Berggipfel, die in den stahlblauen Himmel ragten.
Im Osten erhob sich gerade die Sonne aus einem Gewässer – es schien ein riesiger See zu sein, in den zwei Flüsse, die sich von den Bergen durch die Ebene schlängelten, mündeten.
Ihr Blick kehrte in die Ebene zurück.
Dort, wo die beiden Flüsse sich zu einem vereinigten, hatte die Natur einen riesigen, fast kreisrunden Platz geschaffen, dessen südliche Begrenzung der Fluss bildete, während die nördliche Hälfte von einer Felsformation umrahmt wurde.
Auf diesem riesigen Platz standen eine beträchtliche Anzahl von Indianerzelten in einer auffallenden Anordnung:
Zunächst bildeten insgesamt sechzehn Zelte einen äußeren Kreis. Dieser umschloss einen inneren Kreis, der aus sieben Zelten gebildet wurde. Und als müssten diese beiden Kreise miteinander verbunden werden, gab es in jede Himmelsrichtung zwischen den Kreisen jeweils drei Tipis. In der Mitte des inneren Kreises brannte ein großes Feuer.
Aufgrund der vielen gelesenen Indianerbücher wusste Josy, dass es sich wohl um ein Indianerlager handeln musste, aber über diesen seltsamen Aufbau hatte sie noch nie etwas gelesen.
Eine Herde friedlich grasender Pferde in der Nähe des Dorfes rundeten das Bild ab.

Ein leises Knacken ließ Josy zusammenfahren.
„Na endlich! Da bist du ja! Du hast aber lange auf dich warten lassen! Seit fast einem Mond komme ich täglich her um dich zu suchen!“

Unter ihr, am Fuße des Felsens, stand eine junge Indianerin. Sie war nicht sehr groß, schlank, hatte lange schwarze Haare, die mit einem dünnen Stirnband aus Leder etwas zurückgehalten wurden und trug ein reich besticktes Lederkleid, das unterhalb der Schultern mit einigen Federn geschmückt war. Ihre dunklen Augen schauten Josy freundlich und offensichtlich amüsiert entgegen.

„Du stehst gerade so versteinert wie der Fels. Komm doch runter!“

„Guten Tag... ähm... guten Morgen“, stotterte Josy und kam sich dabei ziemlich dämlich vor.

„Guten Morgen, Josy. Willkommen in Pilamaya! Ich habe dich schon lange erwartet.“

„Du kennst mich? Wer bist du?“

„Ich heiße Gleschka wambli.

Natürlich kenne ich dich. Schließlich bist du ein Teil von mir, genauso wie ich ein Teil von dir bin.

Wo ist übrigens Beryll? Er ist ja schon seit Wochen unterwegs...“

Josys Verwirrung wuchs.

„Beryll? Wer ist das? Woher soll ich wissen, wo er ist? Ich kenne ihn ja noch nicht einmal!“

„Das kann nicht sein!“, lachte Gleschka wambli, „Ohne ihn wärst du jetzt nicht hier!

Beryll?!“

Etwas bewegte sich in Josys Hosentasche. Entsetzt machte sie einen Sprung zurück.

„Na, das wird dem edlen Herrn aber gar nicht gefallen... in deiner Hosentasche...“ Gleschka wambli kicherte vergnügt vor sich hin. „Hol` ihn raus, Josy. Ich glaube, das fände er jetzt richtig gut!“

Unsicher fasste Josy in die Tasche, in die sie vor wenigen Minuten den Stein gesteckt hatte. Sie griff danach... Er fühlte sich jetzt völlig anders an...
Beinahe ängstlich zog sie ihn heraus und blickte gebannt auf ihre Hand.
Auf ihrem Handteller stand ein kleiner Mann, der zunächst einmal kräftig hustete.
Er war ungefähr acht Zentimeter groß und schien aus milchig-weißem bis glasklarem Kristall zu bestehen. Trotzdem war er äußerst beweglich und trug eine Art Anzug, der aussah, als sei er aus feinstem Gras gewebt.
Die Gesichtszüge des Männchens waren menschlich und gerade jetzt rümpfte er seine winzige, spitze Nase und schüttelte ein bisschen ärgerlich seinen kleinen Glatzkopf.
Völlig damit beschäftigt seinen Anzug zu entstauben, schimpfte er leise vor sich hin: „Nicht zu glauben! Vier Wochen in einer Ecke neben dem Bett! Ich brauche Monate, nein, Jahre bis ich den Dreck wieder los bin... und dann auch noch in der Hosentasche! Wer weiß, was da vorher schon alles drin war! Nicht auszudenken... geradezu eine Schande!“
„Vielleicht solltest du dich wenigstens erst mal vorstellen, bevor du weiter schimpfst“, unterbrach ihn Gleschka wambli lachend.
Ein Ruck ging durch den Körper des Winzlings.
Er schaute zunächst betreten auf Gleschka wambli und drehte sich dann langsam zu der immer noch sprachlos auf ihre Hand schauenden Josy um.
„Oh, Entschuldigung, natürlich, wie dumm von mir.“ Er verbeugte sich tief und fuhr dann in seiner hellen Stimme fort: „Ich bin Beryll, dein Kristallfreund. Willkommen in Pilamaya! Es war nicht gerade einfach dich hierher zu

bringen. Aber wie du siehst, habe ich die erste Chance genutzt. Ich wünsche dir einen guten Aufenthalt hier."
Er machte eine kurze Pause.
„Und noch was: Bezeichne mich bitte niemals wieder als lebloses Ding, sonst muss ich das persönlich nehmen, ja? Könnten wir uns darauf einigen? Und den Platz in der verstaubten Ecke fand ich nicht gerade gastfreundlich....
So, und jetzt entschuldigt mich bitte, ich muss gehen. Meine Familie erwartet mich. Wambli weiß, wo ihr mich findet, falls ich früher als erwartet gebraucht werden sollte."
Beryll kletterte geschickt an Josys Hemd und Hose herunter und verschwand wieselflink im Unterholz des Waldes.
Josy stand immer noch unbeweglich mit offenem Mund.
„Er lebt!", murmelte sie fassungslos.
„Natürlich lebt er. Alles lebt. Alles ist ein Teil des großen lebendigen Ganzen.
Aber jetzt komm schon, bevor du hier oben wirklich noch versteinerst. Hörst du die Trommeln? Sie rufen zum Morgengebet. Ich habe Großmutter Owl versprochen dabei zu sein."
Für Josy sprach Gleschka wambli nur in Rätseln. Ohne weiter darüber nachzudenken, folgte sie ihr.

Pilamaya

Gleschka wambli führte Josy einen schmalen, gewundenen Pfad hinunter ins Tal. Die Sonne stand nun voll am Horizont und ließ den Morgentau auf Gräsern und Blättern wie winzige Diamanten funkeln. Die Erde roch angenehm würzig, die Luft war klar und erfüllt von Vogelgezwitscher. Josy atmete tief durch.

Den ersten Teil des Weges legten sie noch schweigend zurück, dann fand Josy ihre Sprache wieder.

„Gleschka wambli, was hat es mit Beryll auf sich? Was ist ein Kristallfreund? Wo bin ich hier? Wieso bin ich eigentlich hier? Wie bin ich hergekommen?

Was meinst du damit, wenn du sagst, dass ich ein Teil von dir und du..."

„Halt!", unterbrach Gleschka wambli sie lachend.

„Du bist schon lustig, Josy! Erst verschlägt es dir die Sprache und dann willst du alles auf einmal wissen!

Also, erst einmal: nenn mich einfach Wambli, das tut hier jeder.

Und nun zu Beryll: Beryll ist ein Kristallwesen. Kristallwesen tauchen im Land hinter den Nebeln normalerweise als starre Formen in vielen Arten auf. Die Menschen hinter den Nebeln nennen sie dann Edelsteine oder Halbedelsteine. Das innerste Wesen der Kristalle ist es, den Menschen zu dienen und ihnen auf ihrem Weg zu helfen.

Normalerweise muss ein Mensch seinen Kristallfreund selbst suchen und finden. Manchmal bekommt er ihn aber auch in Form eines Geschenkes. Wenn es dem Menschen gelingt, die Sprache des Steins zu verstehen, hat er einen kraftvollen Freund und guten Wegbegleiter.

Bei Beryll und dir war es wohl etwas anders. Er spürte, dass du Hilfe brauchst und machte sich auf um dich zu suchen. Er wollte dich unbedingt hierher führen, damit du lernen kannst. Über vier Wochen war er verschwunden – bis heute. Wie habt ihr euch gefunden?"
„Ich... ich habe ihn zum Geburtstag bekommen."
„Von einer Freundin?"
„Nun ja, eher nicht. Sie ist die Freundin meines Vaters. Ich mag sie nicht..."
„Ach so. Deshalb musste der arme Beryll also vier Wochen in der Ecke im Staub liegen, wie?" Obwohl Wambli sie dabei anlächelte, stieg Josy die Schamesröte ins Gesicht.
Schweigend nickte sie. Sie wusste noch immer nicht so recht, was sie von all dem halten sollte...
„Nun, er hat es ja überlebt – und du bist angekommen, das ist das Wichtigste.
Komm jetzt, wir sind gleich da!", beendete Wambli das Thema.
Sie führte Josy zwischen zwei schlanken Felsen hindurch, die wie ein Tor den Eingang in die Grasebene bildeten.
Die rhythmischen Trommelschläge wurden nun immer lauter. Vor ihnen lag das Zeltdorf, das Josy bei ihrer Ankunft von oben gesehen hatte. Sie konnte nun erkennen, dass jedes Tipi eine ganz besondere Bemalung hatte. Verschiedene Symbole und Farben kombinierten sich zu vielfältigen Mustern. Alle Tipieingänge zeigten zur Mitte, in Richtung Feuer.
„Wo sind die Trommeln?", wollte Josy wissen.
„Draußen am See. Viele von uns gehen jetzt dort hin. Es ist ein freiwilliges Gebet, aber wir gehen gerne hin. Jeder von uns nutzt mehrmals in der Woche die Gelegenheit."

Josy sah an einigen kleineren Feuern zwischen den Zelten ein paar Frauen und kleinere Kinder. Die Frauen waren beim Backen, die Kinder spielten mit Steinen, die sie in flache Gefäße zu werfen versuchten. Ansonsten waren nur noch wenige Menschen im Dorf. Ein Weg, der Richtung Osten aus dem Dorf führte, schien zum See zu führen, denn dort sah sie noch einige Familien, die wohl zum Gebet wollten.
„Komm, wir gehen auch raus zum See." Wambli schlug ebenfalls den östlichen Weg ein.
Am See angekommen, erwartete Josy ein faszinierendes Bild:
Am Ufer des Sees saßen drei Gruppen älterer Indianer und Indianerinnen. Jeweils sieben um eine riesige Trommel, jeder mit einem Schlegel in der Hand.
Wie von einem gemeinsamen Herzschlag dirigiert, spielten sie einen eigenartigen Rhythmus, der einmal lauter und einmal leiser wurde und dessen Echo von den Bergen am anderen Ende des Tals zum See zurückkam. Erde und Luft schienen im Trommelrhythmus zu schwingen.
Die Menschen, die gekommen waren, saßen in Gruppen oder alleine in einem großen Halbkreis um die Trommeln – alle im Schneidersitz oder auf ihren Fersen hockend, mit aufrechtem Rücken und Blick zum See. Niemand sprach.
Wambli suchte einen geeigneten Platz und setzte sich ohne weitere Erklärung ebenso wie die anderen auf den Boden. Da sie nicht wusste, was sie anderes tun sollte, tat Josy es ihr nach. Sie saß etwas schräg hinter Wambli und konnte sie nun in aller Ruhe noch einmal betrachten. Irgendwie kamen ihr diese Gesichtszüge bekannt vor. Sie

hatte große Ähnlichkeit mit jemandem, den sie kannte... Ein Schreck fuhr ihr durch die Glieder... Susan!!
Wambli hatte die gleiche zierliche Figur, die gleichen braunen Augen wie Susan... das konnte doch nicht sein...
Josy schaute sich weiter um und je genauer sie die Leute in ihrer Nähe betrachtete, desto mehr Ähnlichkeiten entdeckte sie zu Menschen, die sie kannte. Rechts war ein kleiner Junge, der sie an Jonathan erinnerte oder dort hinten ein Mädchen, das die gleichen lustigen Augen wie ihre Freundin Sheila hatte. Sogar die Haarlänge und die Stupsnase stimmten überein! Links neben ihr saß ein sonnengebräunter Mann, der ihr auf Anhieb sympathisch war: starke Wangenknochen, schmaler Mund, große Nase, dichtes, dunkles Haar, freundliche, sanfte, braune Augen...
„Papa!“, hätte Josy beinahe gerufen – aber sie starrte ihn nur an.
Dann begannen die Trommler zu singen.
An der mittleren Trommel gab es einen Vorsänger, alle anderen bildeten einen Chor, der teilweise die Worte des Vorsängers wiederholte, teilweise eigenständig in die Melodie des Vorsängers einfiel.
Die Musik zog Josy in ihren Bann. Sie sah, dass irgendwann Frauen und Männer mit kleinen Glöckchen an den Füßen aufstanden und zu tanzen begannen. Josys Gedanken beruhigten sich, bis sie gar nichts mehr dachte. Sie schaute zunächst den Tänzern zu, dann den kleinen Wellen auf dem See und schließlich den wenigen Wolken am Himmel.

Hazel – die Ponyfreundin

„Komm, lass uns gehen. Es ist schon gleich Mittag...“
Wamblis Hand lag auf Josys Schulter. Als sie aufstand, stellte Josy erstaunt fest, dass die Menschen um sie herum verschwunden waren.
„Das ist normal... es ist der Zauber der Trommel...
Dein Geist ist mit ihren Rhythmen zu den Vögeln geflogen. Er hat die Freiheit genossen. Da ist es nicht leicht wieder mit beiden Beinen auf dem Boden zu landen.“
„Ah... das versteh ich nicht. Ich dachte ihr wolltet beten?“
„Das haben wir doch! Aber nur Geduld, du wirst es noch verstehen lernen.“
„Hallo Josy! Willkommen in Pilamaya!“
Der Mann, der eben beim Gebet neben ihr gesessen hatte, kam auf sie zu.
„Guten Tag“, sagte Josy höflich und wusste einmal mehr nicht, was sie tun sollte.
„Hi, Josy, schön dich hier zu sehen!“
Wie um ihre Verblüffung vollständig zu machen, kam nun auch der Junge, der Jonathan so ähnlich sah, zu ihnen.
Niemand schien sich zu wundern, dass sie hier war. Niemand – außer ihr selber.
„Das ist Little bear und mich nennt man hier Tschunka, Tschunka wakan. Wambli hast du ja schon kennen gelernt. Ich hoffe, du fühlst dich wohl bei uns auf deiner Reise.
Nutze den Rest des Tages um dich hier ein wenig umzuschauen. Bei Sonnenuntergang solltest du aber

wieder am Ort deiner Ankunft sein. Dort wird dich Beryll abholen und ihr kehrt zurück ins Land hinter den Nebeln."
Erschrocken schaute Josy ihn an. Zurück... natürlich... darüber hatte sie noch gar nicht nachgedacht. Hier war es doch so schön! Vielleicht sollte sie besser hier bleiben...
Aber nein, da war ja noch ihre Mutter. Vielleicht brauchte sie Hilfe und sie, Josy, war gerade nicht da. Wie egoistisch von ihr!
Josy nickte.
„Keine Sorge." Tschunka schien ihre Gedanken erraten zu haben. „Du kannst jeder Zeit hierher zurückkehren. Beryll wird dir dabei helfen. Wir sind immer da. Solange du an uns glaubst, sind wir ein Teil deiner Welt und du ein Teil unserer Welt."
Schon wieder dieses Gedankenspiel, das Wambli bereits geäußert hatte...
„Doch mach` dir jetzt keine Gedanken darüber. Nutze die Zeit jetzt! Jeden Augenblick! Er könnte sehr bedeutend für dich sein und er kommt sicher niemals wieder.
Wambli zeigt dir sicher gerne die Ponys. Du magst doch Pferde, oder?
Und nehmt euch ein Stück Maisfladen mit, damit du uns nicht verhungerst."

An ihren Maisfladen knabbernd zogen die beiden los. Josy hätte Wambli jetzt die vielen noch unbeantworteten Fragen stellen können, aber sie wollte nicht. Sie hatte das sichere Gefühl, dass jede beantwortete Frage tausend neue Fragen aufwarf.
Außerdem beschlich sie nun eine erwartungsvolle Aufregung: Ponys... es war schon immer ihr Traum gewesen zu reiten. Pferde hatten sie von jeher

interessiert. In ihrer Phantasie war sie schon unzählige Male als Indianerin durch die Prärie galoppiert.
Ihr Zimmer hing voller Tierposter, viele davon waren Pferdebilder.
Nun waren sie unterwegs zu den Ponys.
Wambli führte sie über eine breite, aus stabilen Holzstämmen gefertigte Brücke, die zur anderen Seite des Flusses führte.
Dort standen sie! Eine Herde von mindestens 50 Tieren! Sie grasten zufrieden in der Mittagssonne.
„Laufen sie hier einfach frei herum?“ Josy konnte keinerlei Einzäunung entdecken. „Wem gehören sie?“
„Sie gehören sich selbst. Sie sind unsere Freunde und können gehen, wohin sie wollen. Meistens sind sie aber in der Nähe. Wenn einer von uns ein Pony braucht um Botendienste zu erledigen, eine weitere Strecke zurückzulegen oder wenn jemand einfach nur einen Ponyfreund benötigt, kommt er her und fragt die Ponys, wer für ihn da sein möchte. Gewöhnlich bietet sich dann das Pony an, das genau das richtige für die augenblickliche Lage ist. Viele von uns haben auch ihre festen Ponyfreunde hier.
Ansonsten verbringen sie ihr Leben hier in ihrer Herde, in Freiheit.“
Eine kräftige, schwarze Stute hob ihren Kopf. Sie stellte ihre Ohren, stieß ein kurzes, freudiges Wiehern aus und kam auf sie zugetrabt. Ihre Mähne flatterte dabei leicht im Wind. Josy erkannte eine kleine, weiße Flocke auf ihrer Stirn, die normalerweise vom Schopf verdeckt blieb. Das Pony blieb vor Wambli stehen.
„Hallo, Sunrise“, begrüßte diese die Stute zärtlich und strich ihr über den kräftigen Hals, während Sunrise ihren Kopf leicht an Wamblis Schulter rieb.

„Sunrise ist seit vielen Jahren meine Ponyfreundin. Ich habe sie so genannt, weil sie bei einem Sonnenaufgang das erste Mal zu mir kam. Seither haben wir unzählige schöne Stunden miteinander verbracht."
Josys Blick wanderte bewundernd über den ausdrucksvollen Kopf mit den wachen Ohren und den kräftigen Rücken des Tieres, dessen schwarzes Fell in der Sonne glänzte.
„Kann man sie reiten?"
„Natürlich! Wenn ich sie darum gebeten habe, hat sie mir diesen Wunsch noch nie ausgeschlagen. Aber es ist auch schön, einfach nur Zeit gemeinsam mit ihr zu verbringen oder sich mit ihr zu unterhalten."
Josy blickte Wambli zweifelnd an.
„Unterhalten?"
„Jedes Wesen kann mit dir sprechen, Josy. Dabei sind Worte allerdings oft nur ein störendes Hilfsmittel. Du lernst das schnell. Pferde haben einen feinen Sinn für deine Wünsche und deine Absichten. Sie erspüren, wie es dir geht und was du brauchst. Sie sind gerne bereit dir zuzuhören und dir unendlich viel Freundschaft zu schenken, solange du sie fair behandelst.
Versuch es doch einfach einmal. Frag die Ponys, ob dir eines von ihnen seine Freundschaft schenken möchte!"
„Wie soll ich sie denn fragen? Ich kann doch nicht einfach zu ihnen laufen und mit ihnen sprechen...?"
„Warum denn nicht? Aber das brauchst du auch gar nicht. Konzentriere dich auf die Ponys und auf deinen Wunsch eine Ponyfreundin zu haben. Schicke deinen Wunsch sozusagen per Gedankenpost zu ihnen.
Versuch es! Leg dich dabei aber nicht auf ein bestimmtes Pony fest."

Josy wusste zwar nicht genau, was Wambli meinte, versuchte aber ihr Bestes. Ihr war zu Beginn schon ein großes, braunes Pferd aufgefallen, das etwas abseits der Herde stand. Das würde ihr gefallen...
Aber alle Pferde grasten friedlich weiter ohne sich an ihren Gedanken zu stören.
„Das funktioniert bei mir nicht“, seufzte sie enttäuscht.
„Doch, bestimmt. Du musst nur üben.“, beruhigte sie Wambli. „Du hast dich auf den Hengst der Herde, dort hinten rechts, konzentriert. Ich habe es deinem Blick angesehen. Du musst lernen offen zu sein für das, was kommen möchte.
Wenn du willst, bleib ruhig noch hier. Großmutter Owl hat mich gebeten, ihr von der Flussbiegung einige Kräuter mitzubringen. Ich hole sie und komme dann zurück.“

Josy nickte und Wambli machte sich auf den Weg.
Als Wambli aus ihrem Blick verschwunden war, schaute Josy wieder auf die Herde. Wie schön es wäre...
Im Geiste sah sie sich wie schon so oft auf einem Pony über die Wiesen reiten. Sie verstanden sich wunderbar. Sie malte sich aus, ihr Pony wirklich verstehen zu können, so wie Wambli es erzählt hatte.
Plötzlich nahm sie eine Bewegung in der Herde wahr. Eine kleine, zierlich gebaute Stute löste sich aus der Herde und kam langsam auf sie zu. Josy stockte der Atem. Sie wagte nicht sich zu bewegen, aus Angst das Tier könnte wieder davon laufen.
Aber die Stute blieb etwa vier Meter von ihr entfernt stehen. Ihr Fell war haselnussbraun, Mähne und Schweif schwarz. Über Stirn und Nase zog sich eine langgezogene, schmale Blesse. In ihrer Ratlosigkeit dachte Josy nur immer wieder: „Komm doch bitte her, bitte..."
Und tatsächlich: Langsam setzte sich die kleine Stute in Bewegung und kam vorsichtig näher. Vor Josy blieb sie stehen und streckte ihr neugierig den Kopf entgegen.
Da Josy auf dem Boden saß, fand sie das Pony so dicht vor sich beinahe beängstigend, aber die Stute nahm mit ihren samtweichen Nüstern nur ihren Geruch auf und schaute sie ruhig aus großen, braunen Augen an.
Josy wollte aufstehen, doch durch ihre Bewegung erschreckt, zuckte die Stute zusammen und wich ein paar Schritte zurück um dann erneut zu stehen und zu warten.
Unglücklich erhob sich Josy nun vorsichtig – sehnsüchtig zu dem Tier schauend.
„Ach, wenn Wambli doch nur hier wäre. Sie wüsste sicher, was ich jetzt tun soll."
Dann erinnerte sie sich an Wamblis Worte „...Wenn ich sie darum gebeten habe, hat sie mir den Wunsch noch nie

ausgeschlagen...“ Vielleicht sollte sie das Pony ja einfach bitten. Sie ging einen ersten Schritt auf die Braune zu.
„Lässt du mich dich bitte streicheln? Magst du meine Freundin sein?“, flüsterte sie leise.
Wieder spielte die kleine Stute mit den Ohren und kam näher.
Josy ging ihr wie in Zeitlupe noch zwei Schritte entgegen. Für sie gab es nur noch dieses Pony und sie selbst. Sie streckte langsam den Arm aus und berührte es am Hals. Es ließ es geschehen. Josy fühlte das weiche Fell und die Wärme des Tieres.
„Hallo“, sagte sie, „ich bin Josy...“ und nach einer kurzen Pause fügte sie hinzu. „Ich werde dich Hazel nennen, wenn es dir recht ist, weil du so ein wunderschönes, haselnussbraunes Fell hast.“
Wie zur Bestätigung stupste Hazel ihr zart gegen den Arm.
Nun fand Josy es überhaupt nicht mehr seltsam mit einem Pferd zu reden. Sie begann langsam zu ahnen, was Wambli gemeint hatte.
„Na, du hast es also geschafft.“ Wambli stand hinter ihr und lächelte ihr freundlich zu. In ihrer Hand hielt sie ein Büschel Kräuter. Josy hatte sie nicht kommen hören. Zu sehr war sie mit Hazel beschäftigt gewesen.
Nun nickte sie strahlend:„Ja, aber eigentlich habe ich gar nichts getan...“
„Manchmal, Josy, liegt das Geheimnis des Lebens eben darin, etwas nicht zu tun – und das ist oft sehr schwer.“
„Denkst du, dass ich sie auch reiten kann?“
„Bestimmt. Aber alles zu seiner Zeit. Lass euch beiden erst einmal die Zeit euch gegenseitig kennen zu lernen.“
Josy streichelte Hazel noch einmal über die Stirn und flüsterte ihr leise zu: „Mach`s gut, meine Hübsche. Pass

gut auf dich auf ... und danke schön für deine Freundschaft."
Dann folgte sie Wambli, die bereits auf dem Weg zurück ins Dorf war.
Als sie sich noch einmal umblickte, trabte Hazel zurück zu ihrer Herde.

Großmutter Owl

Die Sonne hatte die Kraft des Mittags längst verloren und wanderte nun unaufhaltsam in Richtung Westen.
Im Dorf angekommen, forderte Wambli sie auf: „Komm mit zu Großmutter Owl. Sie möchte dich sicherlich begrüßen!
Großmutter ist Heilerin. Die Menschen kommen mit allen möglichen Problemen zu ihr. Sie kümmert sich um Bauchweh, Zahnweh, Husten, Schnupfen, Schmerzen aller Art und um die üblichen Leiden des Alters. Aber es geht ihr nicht nur um den Körper. Sie versucht auch zu helfen, wenn wir Probleme miteinander haben, es Streitigkeiten gibt oder jemand von Ängsten geplagt wird."
„Wie macht sie das alles? Bei uns gibt es für so viele Dinge eine Menge unterschiedlicher Ärzte?"
„Ich glaube, das Wichtigste ist, dass sie zuhören kann. Wenn wir zu ihr kommen, lässt sie uns erst einmal erzählen. Sie sagt nichts, stellt höchstens mal eine Zwischenfrage. Oft erkennen die Menschen dann selbst, woher ihr Problem kommt. Und dann suchen sie gemeinsam Heilungswege. Kräuter, Heilsteine, Musik und Räucherwerk helfen ihr und der betroffenen Person die Probleme zu lösen.
Das hier ist ihr Zelt."
Sie standen im Norden des Dorfes vor einem der drei Zelte, die den äußeren und den inneren Ring miteinander verbanden.
Wambli kratzte mit den Fingern über die Außenhaut des Zeltes, das mit blassgrünen Streifen und Waschbären in unterschiedlichen Positionen bemalt war.

„Kommt rein, Gleschka wambli!“, ertönte eine fröhliche Stimme aus dem Inneren des Zeltes.
Während sie durch den kreisrunden Eingang ins Zelt stiegen, fragte Josy sich, woher Owl wohl wusste, wer da vor ihrem Zelt stand.
Im Zelt sah sie zuerst einmal nichts, außer einem kleinen Feuer, das in der Mitte brannte. Ihre Augen mussten sich an das gedämpfte Licht gewöhnen. Nach und nach konnte sie die Einrichtung des Zeltes erkennen:
Überall hingen mit Lederriemen zusammengebundene Kräuterbüschel, Rasseln oder seltsame Gegenstände mit Federn und Perlen, von deren Bedeutung Josy keine Ahnung hatte.
Sowohl gegenüber des Eingangs, als auch auf der rechten und linken Seite des Tipis gab es Sitzplätze auf Fellen, die auf dem Boden lagen.
Links neben dem Eingang war Brennholz aufgestapelt.
Großmutter Owl saß auf den Fellen gegenüber des Eingangs. Direkt über ihr hing ein kreisrundes Symbol mit vielen Lederknoten, in dem Josy sofort die Anordnung des Tipidorfes wiedererkannte.
Owl selbst war eine zierliche Frau mit langen, schneeweißen Haaren. Ihr Gesicht wirkte noch beinahe jugendlich und als sie gewandt aufstand um sie zu begrüßen, fragte sich Josy, wie alt sie wohl sei.
„Willkommen in Pilamaya!“, begrüßte auch Owl Josy herzlich.
Die Großmutter lud sie ein, sich auf die Felle an der linken Seite des Tipis zu setzen und kehrte selbst auf ihren alten Platz zurück, wo sie sofort damit begann, die von Wambli mitgebrachten Kräuter sorgfältig zu entblättern und auf einem Stück Leder neben ihr auszubreiten.

„Wie bist du hergekommen?“ Die direkte Frage Owls überraschte Josy etwas.
„Ich weiß nicht so genau“, antwortete sie wahrheitsgetreu. „Ich glaube, durch den Stein... ähm... mit Beryll...“
„Beryll hat vor etwa vier Wochen gespürt, dass er gebraucht wird und sich auf den Weg hinter die Nebel gemacht. Heute Morgen sind die beiden angekommen.“, übernahm Wambli die Erklärung.
„Hm.“ Owl nickte. „Es gab wohl ein paar Probleme da drüben, wie?“
Josy zögerte einen Moment, aber dann begann sie zu erzählen:
„Es ist wegen meiner Mutter. Sie war wieder betrunken... und dann ist da noch die Sache mit Susan...“
Josy wusste selbst nicht warum, aber nach und nach erzählte sie Großmutter Owl und Wambli ihre ganze Geschichte. Owl unterbrach sie nicht. Sie ließ sie einfach reden...
„... am liebsten wäre es mir, Susan wäre nie aufgetaucht, wisst ihr. Dann wäre alles wie früher. Sie ist schuld an allem!“, schloss Josy ihren Bericht und kämpfte mit den Tränen, die ihr in die Augen stiegen.
Die beiden schwiegen zunächst und gaben Josy so die Gelegenheit, sich etwas zu beruhigen.
„Glaubst du das wirklich?“, fragte Owl schließlich.
„Ja. Außerdem kann ich sie nicht leiden – und sie mich auch nicht!“, gab Josy aufgebracht zurück.
„Wirklich? Sie hat dir den Weg hierher gezeigt...“
Josy schluckte. Daran hatte sie auch schon gedacht. Susan hatte ihr Beryll geschenkt und ohne ihn wäre sie nie hierher gekommen.

„Aber das konnte sie doch gar nicht wissen! Das war doch einfach nur so! Zufällig!“, verteidigte sie dennoch ihre Behauptung.
„Hm... einfach nur so, meinst du... zufällig...“ Owl sah sie lange an. „Sicher?“
„Ich glaube schon...“
Aber sicher war sich Josy nun schon nicht mehr.
Stille.
„Was ist Pilamaya eigentlich?“, fragte sie schließlich.
„Das ist nicht ganz einfach zu erklären“, begann Owl. „Ich möchte es so sagen: Pilamaya ist ein Teil von dir, ein Teil deiner Träume.
Pilamaya ist dein Leben, wie du es dir erwünschst. Du hast es dir in deinen Träumen und Phantasien selbst erschaffen und in deinem Leben hast du die Möglichkeit deinen Traum Wirklichkeit werden zu lassen. Auch hinter den Nebeln.
Pilamaya ist sozusagen die beste Möglichkeit deines zukünftigen Lebens.“
Nun sprach Wambli weiter.
„Du hast aber nicht nur schöne Gedanken und Vorstellungen, sondern auch Ängste, wie es kommen könnte, wenn das Schlimmste passieren würde.
Auch diese Gedanken bauen an deiner Zukunft mit. Der Ort deiner Ängste, deines Neides, deines Hasses und deiner Wut ist Nagi mokotsche.
Auch Nagi mokotsche ist ein Teil von dir.
Nagi mokotsche wäre sozusagen die traurigste Möglichkeit deines zukünftigen Lebens.“
„Heißt das etwa, dass meine Zukunft davon abhängt, was ich denke???“
Josy sah die beiden Frauen zweifelnd an.

„So ist es. In jedem Fall beeinflusst du sie durch deine Gedanken!“
„Das versteh ich nicht.“ Josy schüttelte verständnislos den Kopf. So etwas hatte sie noch nie gehört.
„Verständlich. Leider hat man diese Weisheit jenseits der Nebel fast vergessen. Hinzu kommt, dass man ja nicht alleine lebt und denkt. Die Menschen um dich herum haben auch Gedanken – gute und schlechte – auch sie bauen so an ihrem Leben, und damit auch an deinem. Das macht die ganze Sache nicht gerade einfacher.“
Owl wiegte den Kopf und setzte ihre Erklärung dann fort.
„Würden alle Menschen, überall, immer nur das Beste für alle denken, wäre eure Welt wie Pilamaya.
Leider ist das nicht so – und du kannst das auch nicht ändern, Josy!
Aber du kannst wenigstens versuchen, die kleine Welt um dich herum ein bisschen mit zu gestalten, indem du versuchst, immer nur das Bestmögliche zu denken.
Du weißt ja nun, wie wichtig das ist.“
Josy blickte immer noch sehr zweifelnd. Sie konnte sich nicht vorstellen, dass es so einfach sein sollte.
„Probier es aus!“, ermunterte sie Wambli. „Es ist wie mit den Pferden. Das hat ja auch geklappt. Nur, da draußen, hinter den Nebeln, brauchst du sicher mehr Geduld bis du einen Erfolg siehst. Aber wenn du genau aufpasst, wirst du merken, wie und was sich verändert.“
In Josys Kopf schwirrten die Gedanken durcheinander. Sie konnte kaum mehr einen klaren Gedanken fassen. Sie war plötzlich hundemüde.
„Die Sonne geht gleich unter. Ich denke, ihr solltet euch auf den Weg machen. Beryll wartet sicher schon auf euch.“
Und mit einem verständnisvollen Blick auf Josy fügte Owl

noch hinzu:„Bevor du uns hier noch einschläft. Du hast viel Neues gesehen und gehört heute. Das macht müde.“
Mit einem herzlichen „Toktscha“ wurde Josy nun von Großmutter verabschiedet und machte sich mit Wambli auf den Weg zurück in die Berge. Schweigend gingen sie durch das Felsentor den gewundenen Pfad hinauf zu der Stelle, an der sie am Morgen angekommen war. Beryll saß bereits wartend auf dem Felsen.
„Na, jetzt wird es aber Zeit. Es ist spät, kleine Lady!“ Er hüpfte mit einem einzigen, riesigen Satz in Josys Hand. „... aber bitte nicht wieder in den Staub in der Ecke, o.k.?“, murmelte er noch und war im nächsten Augenblick wieder der Edelstein.
„Bestimmt nicht“, versicherte ihm Josy und musste grinsen.
„Toktscha“, verabschiedete sie nun auch Wambli „und bis bald.“
„Toktscha“, wiederholte Josy und als sie der ins Dorf zurückkehrenden Wambli nachblickte wurde ihr ein bisschen wehmütig ums Herz. Eigentlich wollte sie ja gar nicht weg hier – vor allem, da sie nicht wirklich wusste, wie sie wieder zurückkommen sollte.
„Nun ja. Beryll, ich hoffe, du hast die Sache im Griff“, flüsterte sie mit einem lächelnden Blick auf den Stein, in dem sich gerade die letzten Sonnenstrahlen brachen. Josy nahm wieder dieses geheimnisvolle Leuchten wahr. Beryll begann in ihrer Hand zu pulsieren, die Welt um sie herum löste sich in Farben auf und so schwebten sie nach Hause – ins Land hinter den Nebeln.

Etwas fröstelnd, immer noch die Decke über den Schultern, fand Josy sich auf ihrem Bettrand sitzend, den Edelstein in der Hand.

Ihr Wecker zeigte 22:07 Uhr.
Erstaunt schüttelte sie den Kopf, stand mit steifen Gliedern auf und stellte Beryll auf die Fensterbank ins Mondlicht. „Dank dir“, murmelte sie ihm zu, bevor sie unter die Bettdecke kroch.
Den Anblick ihrer Mutter in der Küche wollte sie sich ein zweites Mal ersparen.
Sekunden später war sie eingeschlafen.

Eine weitere Enttäuschung

Als Josy am nächsten Morgen erwachte, schickte die Sonne ihre Strahlen bereits zum Fenster herein und die Zeiger ihres Weckers verrieten ihr, dass es halb zehn war. Zum Glück war heute Samstag und sie musste nicht zur Schule.

Während sie sich noch einmal genüsslich im Bett räkelte, kehrte die Erinnerung an den vergangen Abend zurück: an ihre Mutter, wie sie am Boden lag, an sich selbst, wie sie verzweifelt auf dem Bett saß. Und danach ihre Reise nach Pilamaya! Wambli, Großmutter Owl, Hazel, die kleine braune Stute...

Ihr Blick wanderte zu Beryll, der auf der Fensterbank stand und mit Hilfe des Sonnenlichtes funkelte. Während Josy ihn betrachtete, fragte sie sich, ob das alles nur ein Traum gewesen war oder ob sie es wirklich erlebt hatte.

In ihrem Kopf klangen noch einmal Großmutter Owls Worte: „Pilamaya ist dein Leben, wie du es dir erwünschst. Du hast es dir in deinen Träumen und Phantasien selbst erschaffen und in deinem Leben hast du die Möglichkeit, deinen Traum Wirklichkeit werden zu lassen. Auch hinter den Nebeln.“

„Jetzt bin ich wohl wieder hinter den Nebeln“, dachte Josy seufzend.

Das Klappern von Tellern und Gläsern in der Küche holte sie in die Wirklichkeit zurück. Ihre Mutter hatte ihren Rausch wohl ausgeschlafen und war offensichtlich gerade dabei, die Küche aufzuräumen.

Josy stand langsam auf, zog ihre alten, blauen Jeans und ihren Lieblingspulli an und ging hinunter.

„Morgen Mama“, begrüßte sie ihre Mutter, die tatsächlich gerade dabei war Geschirr zu spülen.
Sie war blasser als sonst. Ihre Augen waren geschwollen; das erkannte Josy, obwohl ihre Mutter versucht hatte mit Hilfe einer Haarbürste, Wasser und reichlich Schminke die Spuren der Nacht wegzuwischen oder zumindest zu überdecken.
„Guten Morgen, mein Schatz. Na, ausgeschlafen? Ich richte uns gleich Frühstück. Cornflakes oder Brötchen?“
Alles war wie immer. Mama war wieder da.
„Egal“, antwortete Josy, während sie immer noch ihre Mutter betrachtete.
„Alles klar, Schätzchen?“
„Mit mir schon...“ Josy drehte sich um und begann den Frühstückstisch zu decken.
„Warum hast du das getan?“ Sie schaute ihrer Mutter jetzt direkt in die Augen.
„Du hattest mir versprochen, es nicht mehr zu tun!“
„Ach, du meinst das gestern...“ Die Stimme ihrer Mutter wurde unsicher.
„Entschuldige, Schätzchen... ich habe wohl ein Gläschen zu viel getrunken. Aber weißt du, Heinz hatte etwas zu feiern und da saßen wir so gemütlich zusammen... Mach dir keine Gedanken... ich hab` das alles unter Kontrolle.“
Sie nahm Josy in die Arme und küsste sie auf die Stirn.
„Lass uns frühstücken und überlegen, was wir heute unternehmen.“
Josy nickte.
Sie beschloss in diesem Moment, den Zwischenfall vom Vorabend einfach zu vergessen. Sicher würde es nie wieder passieren, dass ihre Mutter sich betrinkt. Sicher war es nur eine Ausnahme gewesen.

Es klingelte an der Tür. Als Josy öffnete, stand ihr Vater vor ihr.
„Paps!“ Sie begrüßte ihn freudig mit einer Umarmung.
„Hi, Josy. Jonathan, Susan und ich sind auf dem Weg zum Schwimmbad. Wir fragten uns, ob du vielleicht Lust hast mitzukommen...“
Unsicher schaute Josy auf ihre Mutter. Eigentlich wollten sie ja etwas gemeinsam unternehmen... und dann war da ja auch noch Susan...
„Geh nur, Schätzchen. Ich bin sowieso etwas müde. Ich ruhe mich aus, solange du weg bist. Geh nur!“
„O.k., ich komme mit. Warte kurz, ich pack noch meine Sachen.“
Sie rannte in ihr Zimmer, stopfte Bikini und Handtuch in ihren Rucksack und stand kurz darauf wieder vor ihrem Vater.
Schnell bestrich sie sich noch ein Brötchen mit Butter und Marmelade und bemerkte dabei durchaus den kritischen Blick ihres Vaters, der vorher wohl ein paar Worte mit Mutter gewechselt hatte.
Auf dem Weg ins Schwimmbad warf sie einen verstohlen Blick auf Susan, die neben ihrem Vater auf dem Beifahrersitz saß. Die Ähnlichkeit mit Wambli war verblüffend...
Im Schwimmbad angekommen, vergaß Josy ihre Sorgen und Pilamaya für einige Stunden. Obwohl Josy sich bemüht hatte, nicht mit Susan allein zu sein, passierte es dann am Ende in der Damendusche doch. Zwischen Abduschen und Haare waschen fragte Susan: „Hast du eigentlich den Kristall noch?“
In ihrer Stimme lag wirkliches Interesse. Josy fragte sich, warum sie ausgerechnet heute nach ihm fragte.

„Ja... er steht auf meiner Fensterbank“, gab sie zögernd zur Antwort.
„Das freut mich...“
„Beryll ist sehr schön... danke“, hörte Josy sich zu ihrer eigenen Verwunderung sagen.
„Beryll?“ Ein Lächeln glitt über Susans Gesicht. „Ihr habt euch also angefreundet. Schön...“
Damit ließ sie Josy stehen und verschwand in der Umkleide.

Da alle Hunger hatten, beschlossen sie noch gemeinsam Pizza essen zu gehen. Danach machten sie sehr zu Jonathans Leidwesen noch einen kleinen Spaziergang und gegen vier Uhr nachmittags war Josy wieder zu Hause. Ihr Vater begleitete sie an die Tür. Sie klingelte, aber niemand öffnete.
Sie kramte ihren Haustürschlüssel aus der Hosentasche und schloss auf.
Auf dem Küchentisch lag ein Zettel:

Hallo Schatz!
Bin drüben bei Heinz.
Mach dir einen schönen Abend.
Mama

„Alles o.k.? Ich fahr dann!“, rief ihr Vater von der Tür aus.
„Halt! Ich möchte mit euch kommen!“ Josy schluckte schwer.
Ihr Vater betrat die Küche. Mit einem Blick auf den Zettel erfasste er die Situation.
„Pack deine Sachen, ist schon o.k.“

Während sie Schlafanzug und Wechselkleidung einpackte, rollten Josy die Tränen über das Gesicht. Es war keine Ausnahme gewesen! Es hätte ihr klar sein müssen... Warum musste der Tag so enden? Wie sollte das nur alles weitergehen?"
Sie holte Beryll von der Fensterbank und wickelte ihn vorsichtig in ein T-Shirt ein, bevor sie ihn neben ihren Teddy in die Tasche packte. „Ich glaube, du musst mit", flüsterte sie.
Sie verließ mit ihrem Vater gemeinsam die Wohnung.
Er hatte Mutter inzwischen die Worte

Josy ist bei uns

auf den Zettel dazu geschrieben.
Als sie ins Auto einstiegen, sagte er nur: „Josy kommt mit uns."
Schweigend fuhren sie in die Dämmerung. Josy war heilfroh, dass ihr jetzt niemand Fragen stellte – sie wollte einfach nur ihre Ruhe.
Den Abend verbrachte jeder auf seine Weise. Papa unterhielt sich im Wohnzimmer mit Susan und Josy konnte sich denken, worüber.
Jonathan hatte seinen Technik-Baukasten mit der heißgeliebten Weltraumstation ausgepackt. Josy saß an seinem Schreibtisch und malte – ein braunes Pferd mit schwarzer Mähne, schwarzem Schweif und einer schmalen, weißen Blesse.
Als sie zu Bett ging, wickelte sie Beryll vorsichtig aus. Sie stellte ihn auf den Tisch in dem kleinen Zimmer, in dem sie immer übernachtete, wenn sie bei Papa zu Besuch war.
Jonathan kam noch mal zu ihr herein.

„Wieso bist du eigentlich noch mitgekommen?“
„Weil!“ Josy verspürte keinerlei Lust mit Jonathan über ihre Mutter zu reden.
„Ich wollt ja nur mal fragen...“ Er entdeckte den Stein auf dem Tisch.
„Und warum schleppst du das Ding da mit dir rum?“
„Darum!“, war ihre ruppige Antwort. Er würde das alles eh nicht verstehen!
„Und jetzt geh, ich will schlafen!“
„Ist ja schon gut. Dir ist wohl ′ne Laus über die Leber gelaufen!“
Murrend verzog Jonathan sich in sein Zimmer.
Das mit dem Schlafen-wollen war natürlich nicht ganz richtig. Was sie wollte, war etwas ganz anderes...
Beryll in der Hand trat sie ans Fenster, wo sich das Mondlicht in seinen Kristallen brechen konnte.
Augenblicklich wiederholte sich der Vorgang des Vorabends. Er begann zu pulsieren, das Zimmer um sie herum löste sich in ein Farbenmeer auf. Es war kein Traum – sie war wieder unterwegs... nach Pilamaya... weit weg von hier!

Das Heilige Feuer

„Du findest alleine zum Dorf, oder?“
Beryll, der wieder seinen Körper angenommen hatte, stand bereits neben Josy auf dem Felsen.
Sie nickte und er verschwand mit einem „Toktscha“ in der nächsten Felsspalte.
„Bis zum Sonnenuntergang“, hörte Josy ihn noch rufen, dann saß sie alleine in der aufgehenden Sonne Pilamayas. Sie erinnerte sich noch genau an den Weg und hatte das Dorf in wenigen Minuten erreicht.
„Guten Morgen, Josy. Da bist du ja wieder“, begrüßte sie Tschunka wakan, auf den sie traf, als er gerade aus einem Zelt des äußeren Kreises trat. Es war nicht weit von Großmutters Tipi entfernt, war aber mit unterschiedlichen Schlangensymbolen bemalt.
„Wo ist Wambli?“, fragte ihn Josy.
„Sie ist mit einer Freundin in die Berge. Es wird wohl Nachmittag bis sie zurückkommt.“
Da er wohl die Enttäuschung in Josys Augen sah, sprach er weiter:„Aber du kommst zur rechten Zeit. Großmutter Owl möchte Inila ble heute zum Heiligen Feuer führen. Ich denke, es wäre gut, wenn du uns begleitest.“
Als Owl mit Inila ble aus dem Zelt trat, erkannte Josy in ihr das Mädchen, das so viel Ähnlichkeit mit ihrer Freundin Sheila hatte.
Nach einem gemeinsamen Frühstück schickte Owl die Mädchen zum Fluss um zu baden. Sie erklärte ihnen, dass sie sich zunächst reinigen mussten, um mit dem Heiligen Feuer in Kontakt zu treten.

Als sie nach dem erfrischenden Bad wieder Owls Tipi betraten, empfing sie ein herber Geruch von Kräutern und Räucherwerk.
„Nachdem ihr eure Körper gewaschen habt, muss nun auch euer Geist gereinigt werden.“, erklärte ihnen Owl.
„Dies geschieht mit Hilfe des Salbeirauches. Setzt euch und wartet bis seine Kräfte gewirkt haben.“
Eine Weile später hörte Josy die Trommeln am See. Sie erinnerte sich daran, das Wambli ihr angedeutet hatte, die Leute dort beteten, indem sie gute Wünsche rund um die Erde schickten. Das passte immerhin zu Owls Erklärung, dass es wichtig sei, Gutes zu denken.
Tschunka steckte seinen Kopf durch die Türöffnung.
„Können wir, Owl? Die meisten sind nun am See. Ich denke, das ist ein guter Zeitpunkt.“
Owl griff eine Schale mit Kräutern.
„Dann kommt.“
Sie gingen zur Mitte des Dorfplatzes zu dem großen Feuer, das Josy schon bei ihrem ersten Besuch aufgefallen war.
„Das ist das Heilige Feuer“, erklärte ihnen Tschunka. „Es bildet den Mittelpunkt unseres Dorfes, das wir in der Form des Medizinrades aufgebaut haben. Das Medizinrad bildet eine wichtige Grundlage unseres Lebens. Mit seiner Hilfe lernen wir, wie wir unser Leben auf der Erde sinnvoll gestalten können. Der Mittelpunkt des Medizinrades vereinigt alle Kräfte auf der Erde.
In ihm fließen viele Gegensätze des Lebens zusammen: Leben und Tod, Licht und Schatten, Hitze und Kälte, Wachstum und Zerstörung und schließlich Gegenwart und Zukunft. Wir achten darauf, dass das Feuer nie erlischt und nähren es nur mit Holz. Die Ältesten von

uns teilen sich die wichtige Aufgabe, es am Leben zu erhalten.
Das Feuer wird euch mit Owls Hilfe einen Blick in einen anderen Teil eurer Träume ermöglichen. Ihr braucht nichts weiter zu tun, als aufmerksam seine Flammen zu beobachten.
Habt keine Angst... Das Feuer zeigt euch nur Bilder!“
Wie ihnen gesagt worden war, setzten Josy und Inila ble sich mit gekreuzten Beinen und aufrechtem Rücken ans Feuer. Sie betrachteten aufmerksam das faszinierende Leben von Glut und Flammen. Sowohl die Kräuter, die Owl in das Feuer warf, als auch die rhythmischen Schläge der Trommeln, die vom See herauf klangen, taten ihr Übriges.
Bald glaubte Josy Schatten in der Mitte des Feuers zu sehen, die sich nach und nach in ein immer deutlicher werdendes Bild verwandelten.
Das Feuer wurde regelrecht zu einer kleinen Kinoleinwand, auf der ein Film abgespielt wurde.
Aber was für ein Film!
Josy sah ein Zeltdorf – aber nicht Pilamaya! Die Zelte standen durcheinander und schienen verkommen zu sein. Einige hatten Brandstellen, andere waren zerrissen. Leute hasteten geduckt zwischen den Zelten umher. Der Himmel war wolkenverhangen. Ein kräftiger Wind rüttelte an den Bäumen. Das Heilige Feuer, das wohl in der Mitte eines freien Platzes gebrannt haben musste, war erloschen.
Entsetzt erkannte Josy Wambli, die müde und bleich, an eine Zeltstange gelehnt, dasaß.
Daneben stand eine Frau, die wohl Josys Mutter sein musste. Sie sah zerlumpt und ungepflegt aus und redete lautstark auf Wambli ein.

Auf der anderen Seite des Dorfes schrieen ein paar Kinder auf. Blitze zuckten über den Himmel, lebende Schatten huschten zwischen Zelten und Menschen umher. Während ein paar knochige Ponys, die eben noch an Pflöcken angebunden zwischen den Zelten gestanden hatten, sich panisch losrissen, erschütterte ein rollender Donner das Dorf. Es klang beinahe wie ein höhnisches Lachen, das im Echo der Berge wieder und wieder hallte.
In diesem Augenblick sah Josy sich selbst – alleine am Rande des Dorfes sitzend, die Hände schützend über den Kopf gelegt. Die Erde erzitterte...
Josy schlug aufschreiend die Hände vor die Augen. Sie konnte und wollte das nicht mehr anschauen!
Tschunka legte ihr den Arm um die Schultern. „Keine Angst, Josy. Es waren nur Bilder! Du bist hier, in Pilamaya.“
Josy kuschelte sich unwillkürlich an ihn. Sie genoss seine Nähe.
Als sie aufblickte, sah sie Inila ble auf Großmutters Schoß sitzen. Auch sie war bleich und sah aus, als ob sie geweint hätte.
Nach einer Weile des Schweigens fragte Owl die beiden Mädchen, was sie gesehen hätten.
Inila ble begann leise zu erzählen.
Ihre Bilder waren trotz aller Ähnlichkeiten doch ganz anders als die von Josy.
Sie berichtete von wilden Tieren, die hilflose Menschen angriffen, von Unwettern und Dunkelheit, von Seen, Bergen und Flüssen, die plötzlich verschwanden, von weinenden Kindern und dunklen, lachenden Schatten.
Als Inila geendet hatte, erzählte Josy, was sie gesehen hatte.

Dann begann Owl zu sprechen:
„Jedem von euch hat das Feuer heute andere Bilder gezeigt. Was eure Bilder jedoch gemeinsam haben, sind die Traurigkeit, die dunklen Schatten, die die Sonne verdecken und die Angst.
Was ihr gesehen habt war Nagi mokotsche. Der Ort eurer Ängste. Die Schatten nennen wir Nagis. Nagis sind unsichtbare, dunkle Wesen, deren Nahrung die Lebensfreude der Menschen ist. Durch Hass, Neid und Lüge werden sie am Leben gehalten. Mit ihrem Dasein entstehen Gewalt, Streit, Sucht, Feindschaft und Traurigkeit."
Tschunka übernahm das Wort.
„Besonders die Menschen hinter den Nebel haben mit Nagis zu tun. Dort lauern sie auf Nahrung."
„Bedeutet das, das wir jedes Mal, wenn wir lügen oder uns streiten einen Nagi füttern?", fragte Inila mit erschrockenen Augen.
„So könnte man es sagen", lächelte Tschunka.
„Und immer, wenn ihr euch aus Angst alles mögliche Schreckliche einredet, gebt ihr einem die Chance, euch einzuhüllen in seine Dunkelheit, euch Lebensfreude zu stehlen. Freude die euch gehört!", fügte Owl noch hinzu.
Lange hingen die Mädchen ihren Gedanken nach.
Josy begann langsam zu verstehen. Eigentlich war es wohl ganz einfach:
Es bräuchten sich nur alle daran zu halten Gutes zu denken und zu tun, dann würden alle ein angenehmes Leben führen.
Aber sie begann auch zu ahnen, dass das wohl leichter gesagt als getan war.
„Ich glaube, ihr habt die Lehre des Feuers verstanden, und es liegt nun an euch, das Gelernte anzuwenden.

Jeder hat die Möglichkeit sein Leben mitzugestalten, in eigener Verantwortung.
Dankt dem Feuer für seine Lehre, dann geht und denkt darüber nach.“
Josy und Inila warfen zum Dank ein paar Salbeiblätter ins Feuer. Seite an Seite verließen sie den Platz.
„Eine schwere Lehre für die beiden. Sie sind noch jung...“, bemerkte Tschunka, als er den Kindern nachschaute.
„Ja, aber eine wichtige Lehre. Je früher sie es wissen, desto besser.“

… und die Sache mit dem halbvollen Glas

Gedankenversunken spazierten die Mädchen aus dem Dorf. Ihre Schritte führten sie hinaus zu den Wiesen, auf denen die Ponys grasten.
Als sie sich näherten, lösten sich, wie auf ein geheimes Zeichen hin, zwei Ponys aus der Herde und kamen ihnen entgegen.
Hazel begrüßte Josy mit einem zärtlichen Schnauben. Sie legte ihren hübschen Kopf auf Josys Schulter, die sich dankbar an das warme weiche Fell des Pferdes schmiegte.
Inila wurde von einer gescheckten Fuchsstute begrüßt, die sie Josy später als Mystery vorstellte.
Eine wunderbare Ewigkeit verbrachten sie bei den Ponys. Die dunklen Gedanken, die sie seit dem Blick auf Nagi mokotsche belastet hatten, wichen dem Licht der strahlenden Sonne Pilamayas.
Am Nachmittag kam Wambli zu ihnen hinaus.
„Hallo ihr zwei! Habe ich es mir doch gedacht, dass ich euch hier finde! Wie war euer Tag?“
„Schön... wir sind schon ewig hier draußen bei den Ponys“, antwortete ihr Inila begeistert.
„Nur unser Besuch am heiligen Feuer war nicht so schön.“, ergänzte Josy die Aussage der Freundin. „Kennst du Nagi mokotsche?“
„Jeder kennt es. Es ist schließlich ein Teil von uns.
Wir dürfen es nur nicht so ernst nehmen, weißt du.
Wenn du einen halben Becher Wasser hast, ist er dann halb voll oder halb leer?

Oder wenn die Sonne scheint, aber ein paar Wolken über den Himmel ziehen, ist das Wetter dann gut oder schlecht?“
Josy zuckte mit den Schultern. Sie hatte keine Ahnung, was Wambli ihr erklären wollte.
„Wenn du dich darüber freust noch einen halb vollen Becher Wasser zu haben, bist du glücklich und zufrieden. Wenn du siehst, dass Sonne und Wolken gemeinsam wunderschöne Bilder an den Himmel malen, freust du dich und es geht dir gut.
Wenn du aber nur die Wolken siehst, die die Sonne verdecken, ärgerst du dich vielleicht über das schlechte Wetter. Und wenn du dir Sorgen darüber machst, dass du nur noch einen halben Becher Wasser hast, bist du unzufrieden.
Jetzt überlegt selber: Was ist wohl die erfreulichere Art zu leben?
Genauso ist es mit Pilamaya und Nagi mokotsche.
Ja, es gibt Nagi mokotsche, genauso wie es Wolken am Himmel gibt. Aber das ist doch kein Grund sich nicht an der Schönheit Pilamayas zu erfreuen!
Doch genug der tiefsinnigen Gedanken.
Wollen wir reiten?“
„Jetzt? Hier?“ Josy schaute sie ungläubig an, während Inila ble sich bereits mit leuchtenden Augen auf Mysterys Rücken schwang.
„Klar, warum nicht?“ antwortete ihr Wambli. Sie begrüßte Sunrise, die gerade zu ihr gekommen war, indem sie die Stute liebevoll hinter den Ohren kraulte.
„Ich kann nicht reiten...“ Josy schaute etwas betreten auf Hazel, die vor ihr stand und wartete.
„Ach was. Steig einfach auf. Frag dein Pony, ob es dich tragen möchte und dann vertraue ihr!“

„Aber brauchen wir denn keine Sättel oder Trensen und Zügel und all so was?“
„Wozu denn das?“, lachte Inila. „Schwing dich einfach drauf!“
„Wir verständigen uns über unsere Arme, Beine und Gedanken mit den Pferden. Das funktioniert genau so gut – oder noch besser. Wir besitzen gar kein Sattelzeug.
Und jetzt hoch mit dir!“
Wambli sah sie auffordernd an.
Josy schaute zu Hazel... besonders hoch war sie ja nicht. Eigentlich müsste das ja zu schaffen sein. Sie nahm all ihren Mut zusammen, sprang ab... und landete verdutzt neben Hazel auf dem Boden.
Hazel stand da und schaute sie an – offensichtlich ebenso verdutzt wie Josy.
„Das musst du wohl noch üben!“, kicherte Inila, während Josy rot wurde.
„Keine Sorge, das klappt schon. So ein Pony ist eben höher als man denkt. Zeig ihr, wie es am besten geht Inila!“
Inila ble sprang ab. Eifrig erklärte sie Josy wie man mit einer Hand in die Mähne griff, mit einem Bein Schwung nahm und sich dann mit Hilfe des linken Armes auf den Rücken des Ponys schwang. Bei ihr sah das spielend leicht aus.
Nach unzähligen Versuchen, die Hazel geduldig über sich ergehen ließ, saß Josy völlig außer Puste endlich oben.
„Na prima. Oben wärst du schon mal.“, lobte Wambli sie.
„Und jetzt?“
„Jetzt bleib einfach oben!“
Wambli und Inila setzten ihre Ponys in Richtung offener Ebene in Bewegung. Hazel folgte ihnen.

In der folgenden Stunde lernte Josy zuerst einmal, ihr Gleichgewicht zu halten. Unzählige Erklärungen wie man ein Pony lenkt, es anhält, es beschleunigt oder verlangsamt prasselten auf sie nieder. Inila ble war in ihrer Begeisterung, alles was sie bereits wusste an Josy weiterzugeben, kaum zu bremsen. Sicherlich war das gut gemeint, aber Josy konnte sich allerhöchstens die Hälfte davon merken. Vieles sah bei Iniala und Wambli so leicht und selbstverständlich aus, während es Josy schon schwer fiel, die ganze Zeit über auf Hazels Rücken zu bleiben. Obwohl sie nur im Schritt spazieren ritten, konnte Josy kaum glauben, dass sie nicht herunterfiel!

Aber trotz aller Mühen und Schwierigkeiten - das Reiten machte ihr riesigen Spaß!

Als sie zur Herde zurückkehrten, stand die Sonne schon tief. Dankbar verabschiedete sie sich von Hazel.

Wambli ermahnte sie zur Eile. Die Sonne würde bald untergehen. Zeit für den Rückweg.

Gemeinsam liefen sie zurück. Als Josy durch das Dorf zum Felsentor eilte, verabschiedeten Großmutter Owl und Tschunka wakan sie winkend mit einem „Toktscha“.

Wie beim letzten Mal erwartete Beryll sie bereits am Felsen, bereit für ihre gemeinsame Rückkehr in das Land hinter den Nebeln, die sie unverzüglich antraten.

Zurück im Besucherzimmer stellte sie Beryll auf die Fensterbank ins Mondlicht.

„Morgen werde ich bestimmt einen riesigen Muskelkater haben.“, dachte sie noch, bevor sie hundemüde aber glücklich einschlief.

Dunkle Schatten

„Hey, Schlafmütze! Aufstehen! Es gibt Frühstück!"
Jonathan zog Josy die Decke weg.
Als Josy hochschnellte, um sich die warme Decke zurückzuholen, quiekte sie auf. Sie hatte Muskelkater, und was für einen! Sie fühlte sich wie erschlagen: Arme, Beine, Rücken, Nacken... alles war steif.
„Was ist denn mit dir los?" Jonathan schaute seine Schwester verwirrt an.
„Ich hab` Muskelkater...", stöhnte Josy.
Jetzt lachte er laut. „Muskelkater – von dem bisschen Schwimmen?! Na, du bist ja voll die Sportskanone – wie `ne alte Oma!" Er bekam sich fast nicht mehr ein vor Lachen.
„Idiot!", rief Josy. Sie warf das Kopfkissen nach ihm, aber die Tür war schon zu.
Der hatte ja überhaupt keine Ahnung!
„Papa! Josy hat Idiot zu mir gesagt...", hörte sie ihn noch rufen. Und während sie ärgerlich schimpfte: „,... ist doch auch so!", war ihr, als sähe sie aus den Augenwinkeln einen dunklen Schatten durchs Zimmer huschen.
Seufzend zog sie sich an. Ihr wurde schlagartig klar, dass die Lehre des Heiligen Feuers unendlich schwer zu leben war. Von allen nur das Beste denken... bei dem Bruder!! Wie sollte ihr das gelingen?
„Ach Kinder, wann lernt ihr nur ordentlich miteinander umzugehen", vernahm sie Susans Stimme aus dem Esszimmer. Verblüffend, sogar ihre Stimme klang wie die von Wambli…
Voller guter Vorsätze, ging sie ins Esszimmer.
Aber es kam anders, als Josy gehofft hatte.

Während des Frühstücks sagte ihr Vater plötzlich:„Josy, ich glaube wir sollten uns einmal unterhalten.
Wir müssen uns Gedanken darüber machen, wie es mit dir weitergeht."
Das hatte sie befürchtet. Sie fühlte, wie alles in ihr sich zu sträuben begann.
„Warum?", fragte sie zickig, obwohl sie die Antwort genau kannte.
„Das weißt du mindestens so gut wie wir. Mama beginnt wieder zu trinken, das war leider unverkennbar. Du kannst dann nicht bei ihr bleiben, das weißt du."
„Außerdem ist es bei Papa sowieso viel cooler!", mischte sich Jonathan jetzt ein.
Das sollte sie wohl trösten, und war bestimmt auch lieb gemeint, aber Josy explodierte innerlich.
„Ich bleibe bei Mama! Es ist gar nicht so schlimm!
Wambli hat gesagt, man muss alles positiv sehen. Außerdem musste es ja so kommen, wenn ihr immer alle sagt, dass sie sich wieder betrinkt. Ihr seid daran schuld, weil ihr das denkt!"
Josy war in heller Aufregung. Die Worte waren geradezu aus ihr herausgesprudelt.
Ihr Vater legte die Stirn in Falten:„Wambli? Wer ist denn das?"
Josy stockte der Atem. Sie hatte sich verplappert!
„Eine... eine Freundin", versuchte sie die Situation zu retten.
„Und diese... "Freundin" hat gesagt, wir wären schuld daran, dass deine Mutter Alkoholikerin ist? Das ist ja wohl eine Unverschämtheit!"
Er war sichtlich wütend.
Susan legte ihm besänftigend die Hand auf den Arm und Josy murmelte so etwas wie:„...nicht so direkt...".

Nach kurzem, eisigem Schweigen, versuchte ihr Vater ruhig weiterzureden.
„Auf jeden Fall müssen wir den Tatsachen in die Augen sehen. Das kann so nicht weitergehen!"
„Lass gut sein, Ralf, warten wir es ab." Sie gab Josys erstauntem Vater einen Kuss und zu Josy gewandt meinte sie: „Du hast sicher recht. Wir sollten nichts überstürzen. Aber du solltest wissen, dass du jeder Zeit zu uns kommen kannst."
Na also! Das hatte sie sich so gedacht! Susan wollte sie also gar nicht haben!
Heiße, nicht zu bändigende Wut schäumte in ihr auf. Unfähig einen klaren Gedanken zu fassen, zischte sie: „Mir ist klar, dass du mich nicht leiden kannst und froh bist, wenn ich weg bin. Du brauchst dir keine Mühe zu geben immer so verdammt freundlich zu sein. Ich will überhaupt nicht hier her!"
Damit verließ sie den Tisch und knallte die Tür hinter sich zu.
„Josy!"
Das war die Stimme ihres Vaters. Doch Josy empfand nur noch Kälte!
Sollte er doch zu seiner Freundin halten. Das machte er ja sowieso!
Schluchzend ging sie ins Besucherzimmer. Sie fühlte sich elend.
Eine Stimme in ihr sagte deutlich, dass ihre Reaktion völlig daneben war. Zu allem Überfluss war ihr klar, dass Wambli und Owl das sicher so nicht gemeint hatten! Sie hätten bestimmt niemals behauptet, dass Susan und Paps Schuld an Mamas Krankheit waren! Dafür trug Mama wohl selbst die Verantwortung…
Überall sah sie plötzlich Schatten.

Und dann weinte sie. Sie weinte über ihre dumme Reaktion, über ihre Mutter, aus Selbstmitleid, aus Wut und aus Angst.

Susan war im ersten Moment durch Josys unerwartete Reaktion verletzt.
Sie hatte ihr doch nur helfen wollen!
Dennoch hatte sie Ralf zurückgehalten, als er Josy hinterher wollte.
Jonathan verließ den Raum mit einem simplen „Ich geh Fußball spielen." Er ging Problemen am liebsten aus dem Weg.
„Ich denke, in Josys Aussage steckt etwas Wahres...", begann Susan als sie mit Ralf allein war.
„Wie bitte?" Ralf schaute sie fassungslos an.
„Ja. Wir waren doch wirklich alle davon überzeugt, dass es nicht gut gehen wird."
„Konnte es ja auch nicht!"
„O.k. Ich verstehe dich ja, aber was ich sagen will, ist, dass wir wirklich noch abwarten sollten... und darauf vertrauen, dass es so kommt, wie es für uns alle das Beste ist."
Ralf sah sie kopfschüttelnd und nicht wenig verständnislos an.
„Du hast gut reden!"
„Ralf,... Ich glaube, Josy war in Pilamaya..."
„Hä??!"
„Den Stein, den ich ihr zum Geburtstag geschenkt habe. Sie hat ihn dabei. Er hat viel Kraft."
Nun war Ralfs Geduld am Ende. „Spinnst du jetzt auch noch?"
„Ich glaube nicht." Lächelnd gab sie ihm einen Kuss auf die Nase.

„Na hoffentlich!“
Etwas verstimmt begann Ralf den Tisch abzuräumen.
„Gib ihr Zeit, ja?“
Ralf blickte Susan an. Sie meinte es tatsächlich ernst. Hatte er jetzt den Verstand verloren?
Was blieb ihm denn anderes übrig, außer Abwarten?
Er wollte jetzt seine Ruhe haben. Auf jeden Fall wollte er nicht mit Susan über dieses “Pilamaya“ reden – was auch immer das war.
Ergeben nickte er: „Von mir aus kann sie so viel Zeit haben wie sie braucht...“
Die Tür ging auf.
„Papa, fährst du mich bitte nach Hause?“ Josy stand mit gepackter Tasche und entschlossenem Gesicht vor ihm.
„Wie du willst...“ Ralf atmete tief durch. Völlig hilflos gab er dem Wunsch seiner Tochter nach.
Die Autofahrt verlief wortlos.

Zu Hause angekommen, begleitete ihr Vater Josy noch in die Wohnung. Ihre Mutter lag auf dem Sofa und schlief.
„Pass auf dich auf, Josy“, sagte Ralf nur, bevor er die Tür hinter sich zu zog.
Josy ging in ihr Zimmer.
Nun war sie alleine.
Sie selbst hatte sich das so gewählt. Sie hatten sie nicht fort geschickt. Sie wollte hier her.
Vielleicht hätte sie mit den anderen noch einen schönen Sonntag verbringen können, wenn… ja wenn... wenn nicht alles so furchtbar kompliziert wäre.
Heute morgen hatte sie die Wahl gehabt: Pilamaya oder Nagi mokotsche... sie hatte Nagi mokotsche gewählt!
Josy setzte sich an ihren Schreibtisch und starrte Löcher in die Luft.

Dann kramte sie Buntstifte und Block hervor.
Sie malte schwarze Berge in dunklen Wolken. Davor flog ein großes, graues Wesen mit vogelartigen Schwingen, dessen Augen furchterregend leuchteten. Am Boden gab es braunes Gras und einen blattlosen Baum.
Den Rest des Tages verbrachte sie vor dem Fernseher. Sie wollte nicht mehr nachdenken. Sie sehnte sich nach dem Abend... nach Hazel... nach Pilamaya. Dort war sie nicht alleine…
Ihre Mutter wachte irgendwann am späten Nachmittag auf.
„Na, war`s schön?"
„Hm."
„Du bist früh zurück."
„Hm."
„Du hättest ruhig noch bleiben können. Es ist ja noch früh!"
„Ich weiß."
„Na, sehr gesprächig bist du ja nicht.
Aber so bin ich jedenfalls nicht alleine."
Sie setzte sich neben Josy auf das Sofa. Diese kuschelte sich auf ihren Schoß und so verging die Zeit bis es dunkel wurde.
Nach dem Abendessen sagte Josy gleich Gute-Nacht. Ihre Mutter war erstaunt.
„Schon ins Bett? Wir könnten doch noch etwas spielen?"
„Ich bin müde, außerdem hab` ich morgen Schule."
„Hoffentlich wirst du nicht krank, Schätzchen..."
„Nein, mir geht es gut."
Unter den besorgten Blicken ihrer Mutter, ging sie nach oben in ihr Zimmer und schloss sorgfältig die Tür.
Ihr Blick fiel auf ihren Schulranzen, der noch ebenso dastand, wie sie ihn am Freitag abgestellt hatte.

Oh nein! Die Hausaufgaben!
Sie hatte aber jetzt keine Lust mehr auf Hausaufgaben!
Entschlossen griff sie nach Beryll. Sie wollte nur weg hier.
So schnell wie möglich!
Sekunden später war sie auf inzwischen schon gewohnte Weise auf dem Weg.

Die Hüterin des Nordens

Als Josy an diesem Morgen das Tipidorf betrat, wurde sie bereits von Wambli erwartet.
„Lauf gleich zu den Pferden. Großmutter Owl und Inila ble warten schon auf dich. Ihr habt heute einen langen Weg vor euch!"
Ein Grinsen ging über ihr Gesicht, als sie weiter sprach: „Du weißt, immer schön oben bleiben, den Rest macht Hazel dann schon – Toktscha!"
Damit verschwand sie zwischen den Zelten und ging zu einigen Frauen, die an Tierfellen arbeiteten.
Josy war durch Wamblis Worte neugierig geworden. Auf dem Weg zu den Pferden fragte sie sich, was sie wohl heute erwarten würde.
„Na endlich!", Inila begrüßte sie mit einer herzlichen Umarmung, um sofort danach auf ihr Pony zu springen.
Hazel stand bereits zwischen Mystery und einer großen Fuchsstute, die wohl Großmutters Ponyfreundin war.
„Steig auf! Wir müssen los. Der Weg ist lang." Owl schwang sich so gelenkig auf das große Tier, dass Josy der Mund vor Erstaunen offen blieb.
Immerhin benötigte Josy an diesem Tag nur drei Versuche, dann saß auch sie auf ihrem Pony.
Sie ritten am äußeren Rand des Dorfes entlang, durch das Felsentor in die Berge.
„Wir müssen heute hoch hinauf nach Norden.
An einem heiligen Platz inmitten der Friedensberge lebt die Weiße Büffelfrau. Sie wollen wir besuchen", klärte Owl Josy über ihr Vorhaben auf, während sie immer tiefer in das Bergland hineinritten.

Der Weg war wirklich weit. Aber obwohl Josy schon nach kurzer Zeit der Hintern wehtat, war sie dankbar nicht selbst laufen zu müssen. Bald hatte sie auch Durst und ihr Magen meldete Hunger an, aber sie wollte nicht klagen.

Als die Sonne am höchsten stand, hielt Großmutter endlich ihr Pferd an.

„Absteigen, Mädels! Wir haben es fast geschafft. Jetzt machen wir erst einmal eine kurze Pause. Das letzte Stück müssen wir dann zu Fuß zurücklegen. Es ist zu steinig für die Ponys."

Nach einer wirklich kurzen Pause mit Wasser und Maisbrot kletterten sie hinter Großmutter einen steinigen Hang hinauf. Die Ponys ließen sie an ihrem Rastplatz. Sie würden auf sie warten, hatte Owl versichert, und Josy mochte sich lieber nicht vorstellen, was wäre, wenn sie nicht warteten!

Minutenlang stiegen sie über Geröll und an großen Steinbrocken vorbei. Es ging steil bergauf, dem Gipfel entgegen. Für Josy war es unvorstellbar, dass dort oben jemand wohnen sollte!

Oben angekommen, standen sie auf einer riesigen Steinebene, von der aus sich ihnen ein phantastischer Ausblick über das Bergland bot. Schnaufend und keuchend blickten sie sich um. Die noch weiter nördlich gelegenen Bergkuppen waren von Schnee bedeckt, in den Tälern lag teilweise Nebel, aus dem Baumwipfel herausragten, kleine Bäche, die ihre Quellen wohl irgendwo in den Bergen hatten, suchten sich ihren Weg in die Täler, Wasserfälle glitzerten im Sonnenlicht und weit im Süden konnten sie das Flachland erahnen, in dem das Dorf lag.

Genau in der Mitte dieser Hochebene erhob sich ein gigantischer Stein, der aussah wie ein Ei, das ein Riese aus purem Übermut eigens hier aufgestellt hatte.
„Wir sind da. Kommt!"
Großmutter führte die Mädchen geradewegs zu dem Felsen-Ei hin. Als sie näher kamen sahen sie, dass am Fuße des Steins eine Höhle war, vor der eine sonderbar aussehende, alte Frau in der Josy jetzt schon so vertrauten Haltung saß: gekreuzte Beine, aufrechter Rücken.
Ihre Augen waren geschlossen, die Spitzen ihrer langen, schneeweißen Haare berührten den Boden. Um ihre Schultern lag ein wunderschönes, schneeweißes Büffelfell.
Regungslos saß sie da, ohne sich an ihrem Besuch zu stören. Sie schien sie gar nicht wahrzunehmen.
Großmutter stellte sich neben das kleine Feuer, das vor der Büffelfrau brannte, und wartete. Die Mädchen taten es ihr nach.
Minuten vergingen bis die Frau schließlich die Augen öffnete.
Sie hatte klare, dunkelblaue Augen von einem unbeschreiblichen Glanz. Den weißen Haaren und den vielen Falten in ihrem Gesicht nach zu urteilen, musste sie schon alt sein, dennoch sprühten ihre Augen geradezu vor Leben.
„Setzt euch", sagte sie nur – und legte Holz nach.
„Fragt, was ihr wissen wollt!"
Wenngleich ihre Stimme ausgesprochen freundlich war, schauten sich die Mädchen, von der Direktheit der alten Frau völlig überrumpelt, hilfesuchend nach Owl um.
Aber Owl war verschwunden. Sie waren mit der Büffelfrau alleine!

Panik überkam Josy...
„Angst ist nicht gut.“, bemerkte die Alte schlicht.
„Angst nimmt dir den Blick für das Schöne.“
Schweigen.
Endlich fand Inila ihre Sprache wieder.
„Wer bist du?“
„Manche nennen mich Weiße Büffelfrau. Andere nennen mich Hüterin des Geistes im Norden.“
Schweigen.
„Und du wohnst ganz alleine hier? Ist das nicht fürchterlich langweilig?“
„Ich bin nicht alleine. Die Vögel sind hier, die Steine sind hier, die Büsche sind hier. Ebenso die Insekten, Spinnen, Käfer, das Gras, die Blumen und der Wald.
Ab und zu besuchen mich auch Menschen, so wie ihr.
Langeweile hat nur der, der seine Zeit nicht zu schätzen weiß. Ich habe keine Langeweile.“
Schweigen.
„Und was tust du hier?“, fragte nun Josy.
„Ich bitte.“
„Den ganzen Tag??!! Um was denn?“
„Den ganzen Tag.
Ich bitte, dass die Menschen lernen:

Mögen alle Lebewesen die Lehre
Wakan tankas, des großen Geistes,
erleben und begreifen:

Alles ist ein Kreis.
Was immer ihr mit den Flügeln eurer Gedanken und eurer Worte
in die unendliche Weite schickt -
es kommt zu euch zurück.

„Warum tust du das?“
„Es tun so wenige. Aber es ist so viel zu tun.“
Schweigen.
„Ich verstehe nicht, wie es etwas nützen kann, wenn du alleine hier oben sitzt, keiner sieht, was du tust und niemand hört, was du sagst?“ Inila schaute die alte Frau verständnislos an.
„Wer wissen will, weiß.
Die Winde tragen die Botschaft fort.
Überall hin.
Ihr wisst nun auch.“
Schweigen.
Owl trat hinter den Felsen hervor.
„Wir danken dir, Hüterin des Nordens.“
Nachdem sie aus ihrem Beutel ein grünes Büschel genommen und der Büffelfrau gereicht hatte, fuhr sie fort: „Nimm das Mariengras der Ebene als Geschenk. Toktscha.“
„Toktscha“, bedankte sich die Weiße Büffelfrau, nahm das Geschenk entgegen und schloss die Augen.
Sie waren unmissverständlich entlassen.

Die Ponys erwarteten sie zu Josys grenzenloser Erleichterung tatsächlich noch am Fuße des Bergs.
Während des Heimritts unterhielten sich die Mädchen zunächst noch halblaut über die Worte der sonderbaren Frau. Gemeinsam fügten sie ihre Worte – oder vielmehr ihr Gebet – noch einmal zusammen. Sie wollten sich diese Worte merken.
Sie erschienen ihnen wie ein großes Geheimnis, wie eine Zauberformel, die ihnen anvertraut worden war.
Danach ritten sie schweigend gegen Süden.

Als Josy sich sicher war, auch nicht einen einzigen Schritt mehr reiten zu können, erreichten sie endlich den Felsen, an dem sie Pilamaya immer betrat.
Beryll saß, mit seinen dünnen Beinen baumelnd, auf der Felskante. „Na immerhin. Beinahe pünktlich!“, empfing er die kleine Gruppe.
„Steig ab, Josy. Wir nehmen Hazel mit zurück. Ihr könnt euch gleich auf den Weg machen.“
Josy tat wie ihr geheißen, bedankte sich mit leisen Worten bei Hazel für den langen Ritt und umarmte sie zum Abschied. Als Owl und Inila sich auf den Weg machten, folgte Hazel ihnen wie selbstverständlich.

Josy ließ Beryll auf ihren Handteller klettern. Sonst hatte er sich in ihrer Hand immer gleich in seinen Kristall-Zustand verwandelt, aber diesmal druckste er noch unsicher herum.
Als Josy ihn gerade fragen wollte, was denn los sei, begann er: „Könntest du mir einen Gefallen tun?“
Er blickte die erstaunte Josy bittend an.
„Ich bin müde. Wenn wir hinter den Nebeln angekommen sind, leg mich in einem weichen Tuch an einen dunklen Ort. Lass mich ein paar Tage schlafen. Wäre das möglich?“
Ein paar Tage! Josy konnte sich kaum noch vorstellen, nicht jeden Abend hierher zu kommen!
Sie blickte auf Beryll; er sah wirklich müde aus. Noch während sie versuchte, das Für und Wider abzuwägen, wurden ihre Augenlider immer schwerer. Sie war auch müde... es würde wohl schon richtig so sein.
„O.k.“, versprach sie ihm. „Ein paar Tage werde ich es wohl aushalten.“

Nach einer umständlichen Verbeugung zum Dank, nahm Beryll seine Steingestalt an.
An mehr konnte Josy sich nicht mehr erinnern, denn sie schlief schon ein, bevor ihre Reise hinter die Nebel überhaupt richtig begonnen hatte.

Noch ein Problem...
und ein überraschender Brief

Als ihre Mutter sie am nächsten Morgen weckte, lag Josy neben ihrem Bett. Beryll hielt sie noch in der Hand.

„Aufstehen, Liebes!

Nanu, was machst du denn neben dem Bett. Geht es dir gut?“

Ihre Mutter hatte das Licht angemacht und stand besorgt neben ihr.

Hastig verbarg Josy Beryll in ihrer Hand. „Alles o.k.“, murmelte sie. „Ich muss wohl aus dem Bett gefallen sein.“

„Und du bist wirklich nicht krank?“ Stirnrunzelnd sah ihre Mutter sie an. „Na, dann beeil dich, es ist schon spät.“

Josy rappelte sich auf und gähnte herzhaft. Beryll wickelte sie mit einem Lächeln in einen bunten Schal, bevor sie ihn vorsichtig in die Nachttischschublade legte.

„Toktscha“, flüsterte sie, „und schlaf gut.“

In Windeseile zog sie sich an, stopfte noch ein paar Hefte in den Schulranzen, löschte das Licht und ging nach unten.

Montag... eine ganze lange Schulwoche lag vor ihr. Hinzu kam, dass sie noch nicht einmal Hausaufgaben gemacht hatte. Das konnte ja heiter werden!

Nachdem Josy einen strengen Blick der Lehrerin wegen der fehlenden Hausaufgaben geerntet hatte, verlief der Morgen ruhig.

Josy war müde, ihre Gedanken schweiften immer wieder ab. Sie konnte sich einfach nicht konzentrieren.

Sheila war nicht in der Schule. Sie sei krank, hieß es.
Mittags hatte sie dann einen Berg voll Hausarbeiten zu machen, da sie die vom Wochenende natürlich nachholen musste.
Ihrer Mutter ging es gut.
Auch der Dienstag verlief recht ereignislos.
Mittwochs kassierte sie dann eine Fünf in Mathe, was eine Standpauke und ein Blatt voller Übungsaufgaben zur Folge hatte. Außerdem bestand ihre Mutter darauf, dass Josy ihr Zimmer aufräumen musste; das war leider auch nicht ganz unberechtigt, wie sie sich selbst eingestehen musste.
Am späten Nachmittag flüchtete sie sich zu Sheila, die immer noch in der Schule gefehlt hatte.
Sie traf sie mit geschwollenen, roten Augen in ihrem Zimmer.
„Du fehlst schon lange. Was hast du?“, fragte Josy nach einer kurzen Begrüßung.
Sheila schniefte. „Papa ist weg.“ Ihre Stimme war tonlos.
„Wie weg?“
„Meine Eltern wollen sich scheiden lassen. Papa ist seit Sonntag nicht mehr nach Hause gekommen. Er hat uns einfach allein gelassen!“ Sie begann leise zu weinen.
Tröstend legte Josy den Arm um ihre Freundin. Sie wusste, was sie fühlte.
„Scheiße“, flüsterte sie nur.
Gerne hätte sie Sheila von Pilamaya erzählt und sie eingeladen mit dorthin zu kommen – aber sie wagte es nicht. Deshalb schwieg sie.
Später, als Sheila sich beruhigt hatte, spielten sie Monopoly und Josy versuchte ihre Freundin zu überreden bald wieder zur Schule zu kommen.
Trübsal blasen brachte schließlich auch nichts.

Wieder zu Hause, entdeckte Josy einen Brief auf dem Küchentisch, der an sie adressiert war.
„Sieh mal, der ist für dich gekommen. Wer schreibt dir denn?“
Josy zuckte mit den Schultern. Es stand kein Absender auf dem Brief. Auch sie hatte keine Ahnung.“
Die Neugier war ihrer Mutter ins Gesicht geschrieben, aber Josy nahm den Brief und verschwand in ihrem Zimmer. Erst dort öffnete sie ihn vorsichtig.
Der Umschlag beinhaltete ein großes, zusammengefaltetes Stück festes Papier und einen kleinen Zettel, der ihr gleich entgegen flatterte. Sie las:

Ich dachte mir,
du kannst mit dem Bild sicher etwas anfangen.
Liebe Grüße
Susan

Neugierig faltete Josy den größeren Papierbogen auseinander. Es war ein Bild.
Ein großer, schneeweißer Büffel war darauf zu sehen. Darunter stand:
Hüter des Nordens
Sprachlos starrte sie auf die Abbildung. Sie wusste nun, dass es da etwas gab, das sie mit Susan verband.
An diesem Abend saß Josy zum ersten Mal in der Gebetshaltung Pilamayas in ihrem Bett. Sie rief sich das Gebet der Weißen Büffelfrau in Erinnerung.
In Gedanken sprach sie es. Einmal, zweimal, dreimal – und sie fühlte, dass es gut war.

Am nächsten Tag nach den Hausaufgaben ging sie zur Schublade, holte Beryll heraus, wickelte ihn vorsichtig aus dem Schal und stellte ihn ins Sonnenlicht. Sie wollte ihn wecken. Sie wollte wieder nach Pilamaya!

Die Stunden bis zum Abend krochen in Schneckengeschwindigkeit und zu allem Überfluss kam ihre Mutter nach dem Abendessen noch auf die Idee, Josy müsse unbedingt baden.

Sie brachte das Unvermeidliche hinter sich und wollte in ihr Zimmer gehen.

Beim Gutenacht-Sagen erwähnte ihre Mutter dann wie nebenbei:

„Du könntest deinen Papa anrufen und ihn fragen, ob du am Wochenende bei ihm sein kannst. Ich möchte am Freitag mit ein paar alten Freunden ins "Music" gehen und am Samstag feiert Heinz seinen 50.Geburtstag. Du müsstest dann abends nicht alleine sein, weißt du..."

Josy starrte sie an. Sie kannte das "Music". Dort war Mama früher oft. Es war eine kleine, verrauchte Kneipe am Straßenende neben der Eisdiele. Und Heinz kannte sie auch!

Sie nickte.

„Mach ich", sagte sie so selbstverständlich es ihr möglich war – und spürte, wie Angst sich über sie legte. Sie hüllte sie ein wie ein schwarzes Tuch. Vor ihren Augen tauchte Nagi mokotsche auf. Ihre Mutter torkelte betrunken umher und sang laute Lieder, irgendwo fiel sie um und blieb liegen. Und sie, Josy, saß alleine am Rande des Dorfes im eisigen Wind.

„Nichts wie weg hier!", war ihr einziger Gedanke. Eilig rannte sie die Treppe hinauf und griff nach Beryll.

Zu Besuch bei den Kojoten

Josy war noch ganz außer Atem, als sie Pilamaya erreichten.

„Heute war es aber eilig, junge Frau“, schmunzelte Beryll. „Wie gut, dass ich ausgeruht war.“

„Ach Beryll, ich habe Angst. Ich hatte das Gefühl, alle Nagis der Welt waren hinter mir her.“, seufzte Josy. „Ich weiß wirklich nicht, was ich machen soll! Meine Mutter will mich am Wochenende los sein, damit sie sich betrinken kann. Wenn sie das tut, kann ich bestimmt nicht mehr lange bei ihr bleiben. Außerdem bin ich mir nicht sicher, ob ich dieses Wochenende schon wieder zu Papa und Susan will. Letztes Wochenende haben wir uns gestritten... oder besser: ich glaube, ich habe mich ziemlich blöd verhalten.

Kann ich nicht einfach hier bleiben?“

Beryll schüttelte heftig seinen feinen Kopf.

„Tut mir leid, kleine Lady, das geht nicht. Das ist absolut gegen die Regeln! Du darfst herkommen um zu schauen und zu lernen. Aber du kannst nicht auf Dauer hierher flüchten! Du kannst nicht vor deinem eigenen Leben davon laufen!

Du musst dein Leben da draußen hinter den Nebeln in die Hand nehmen und das Beste daraus machen.

Außerdem: Dir ist wohl schon aufgefallen, dass ein Tag in Pilamaya da draußen hinter den Nebeln gerade mal ein paar Minuten sind. Für die Menschen zu Hause bist du nicht weg. Du stehst oder sitzt einfach nur da und träumst. Was würden die wohl sagen, wenn du zwei Tage lang auf deinem Bett sitzt, einen Edelstein in der Hand

und vor dich hinstarrst?! Ich denke, das wäre nicht so toll!
Deine Frage ist damit wohl ausreichend beantwortet. Komm jetzt!“
Überrascht über den heftigen Wortschwall des kleinen Mannes, nickte sie ergeben und folgte ihm wie selbstverständlich über die Felsen.
Inmitten eines Felsengewirrs blieb Beryll stehen, schob etwas Moos zur Seite und rollte aus einer Mulde einen kleinen, etwa fingernagelgroßen, gelb-grünlichen Stein heraus.
„Nimm den mit“, sagte er. „Du wirst Gelegenheit haben, ihn heute jemandem zu schenken, der sich sehr darüber freuen wird. Der Name des Steins ist Serpentin.“
Der Winzling stemmte den für ihn riesigen Stein mit beiden Armen in die Höhe.
Josy nahm ihm den Stein ab, fuhr bewundernd mit den Fingerspitzen über seine glatt-glänzende Oberfläche, bedankte sich und steckte ihn dann sorgfältig in die Hosentasche.
„Du kannst jetzt gehen. Wenn du immer rechts gehst, kommst du auf den Weg zurück, den du kennst. Und denke daran: dein Rückflug geht bei Sonnenuntergang!“
Damit verschwand er.
An diesem Tag wurde Josy von Tschunka wakan und Inila ble erwartet. Sie waren gerade dabei kleine Ledertaschen mit Maisbrot zu füllen. Es sollte wohl wieder einen Ausflug geben.
„Grüß dich, Josy! Inila und ich reiten heute nach Süden zu den Kojoten. Wir wollen sie beobachten. Hast du Lust mitzukommen?“
„Mit den Ponys?“, fragte Josy vorsichtig.
„Klar, zu Fuß wäre es viel zu weit.“

„O.k., dann komm ich mit... obwohl ich immer noch ein bisschen Muskelkater vom letzten Mal habe."
Tschunka lächelte und gemeinsam machten sie sich auf zu den Pferden.
Ihre Pony-Freunde kamen fröhlich auf sie zugetrabt und nach einer ausführlichen Begrüßung schaffte es Josy heute gleich beim ersten Versuch aufzusitzen. Tschunka schwang sich auf das große, starkbemuskelte, braune Pferd, das Josy bei ihrer ersten Begegnung mit der Herde aufgefallen war. Sie erinnerte sich noch, dass Wambli ihr erklärt hatte, es sei der Hengst der Herde. Bewundernd schaute sie Tschunka an und fragte ihn nach dem Namen des Tieres.
„Oh, entschuldige Josy. Wie dumm von mir. Ich habe vergessen euch vorzustellen.", schauspielerte Tschunka. „Darf ich vorstellen: Mr. Brown – Josy, Josy – Mr. Brown."
„Mr. Brown heißt er?"
„Ja. Warum, ist ja deutlich zu erkennen. Er ist braun. Von den Ohrenspitzen bis zu den Hufen."
„Das ist ja lustig. Dann hat er den gleichen Namen wie mein Papa!"
„Interessant. Nun lasst uns aber losreiten.
Sie ritten nach Süden, dem Flusslauf folgend, in die offene Prärie.
Noch während Josy darüber grübelte, ob die Sache mit dem Namen nun wirklich Zufall war (schließlich sah Tschunka wakan ja auch aus wie ihr Vater!), fragte dieser zwinkernd: „Na, Josy, fit? Wie wäre es mit einer schnelleren Gangart?"
Inila jubelte auf und schoss mit ihrem Pony im Galopp davon. Tschunka folgte ihr lachend. Bevor Josy überhaupt darüber nachdenken konnte, begann Hazel

ebenfalls zu galoppieren, da sie ihren Freunden folgen wollte. Josy wurde auf dem Rücken des Ponys hin- und hergeworfen und hatte alle Mühe, nicht herunterzufallen. Hazel steigerte das Tempo, so dass sie die anderen bald eingeholt hatten, und jetzt etwa auf gleicher Höhe nebeneinander galoppierten. Josy krallte sich krampfhaft an der Mähne fest. Ihre Hände und Beine begannen zu schmerzen. Nicht nur, dass sie immer öfter das Gleichgewicht verlor, nein, sie verspürte mit jedem Galoppsprung mehr Angst, die sich allmählich zur Panik steigerte.

„Woah...", rief Tschunka, der sie beobachtet hatte. Sofort verlangsamten die Ponys ihr Tempo bis sie schließlich stehen blieben.

Josy sank erschöpft auf Hazels Rücken zusammen.

„Angst gehabt?" Tschunka schaute ihr in die Augen.

Josy nickte. „Ich kann das nicht."

„Falsch. Du kannst das! Du bist heute das erste Mal in deinem Leben galoppiert. Dafür war das schon richtig gut! Was du noch brauchst, ist Vertrauen.

Vertrauen in dich und in dein Pony.

Entspann dich! Du bist völlig verkrampft!

Alle deine Muskeln stehen unter Hochspannung. Versuch einmal, alles an dir locker zu lassen. Jetzt gleich! Fang mit den Füßen an. Dann die Beine, den Rücken, die Arme."

Josy tat ihr Bestes.

„So ist es gut. Und so bleib jetzt. Jog on!"

Hazel trabte an.

„Nein!" Josy wurde nach vorne geworfen, klammerte sich mit den Beinen fest, versuchte noch vergeblich nach Hazels Mähne greifen – und landete unsanft im Gras.

„Seht ihr, ich kann es eben doch nicht!“ Sie war den Tränen nahe.
„Du hast wieder Angst gehabt. Deshalb hast du dich verkrampft und bist runter gefallen. Aber lass gut sein, es ist nicht mehr weit. Wir reiten jetzt gemütlich.“
Den Rest des Weges legten sie im Schritt zurück, und Josy schämte sich vor Inila.
Sie konnte so wunderbar reiten. Ob ihr selbst das auch irgendwann einmal gelingen würde?

Die Ebene ging nach und nach in eine wellige Hügellandschaft über. Der Fluss, dem sie die ganze Zeit über gefolgt waren, bog nun nach Osten ab.
Kurz hinter der Flussbiegung stoppte Tschunka sein Pferd und hielt im Schatten dreier großer, knorriger, alter Bäume an.
„Wir sind da.“
Sie stiegen von den Ponys und ließen sie grasen. Josy schaute sich um. Nichts ließ darauf schließen, dass hier irgendetwas Besonderes war.
„Macht es euch gemütlich, wir werden wohl bis zum Nachmittag hier bleiben.“, forderte Tschunka die Mädchen auf.
„Tschunka, was sind eigentlich Kojoten? Und wo sind sie?“, wollte Josy wissen.
Mit einem Blick auf Inila überließ Tschunka ihr die Erklärung: „Sie sehen aus wie hellbraune, magere Hunde mit einem buschigen, langen Schwanz. Sie haben sich sicher versteckt, weil sie uns haben kommen hören. Ich denke, wenn wir uns ruhig verhalten, werden sie sich bald zeigen.“
Tschunka nickte zur Bestätigung.

„Wenn sie sich zeigen, bleibt ruhig sitzen. Beobachtet sie. Sie werden uns nichts tun, aber es ist sehr interessant ihnen zuzuschauen.“
Minutenlang geschah nichts.
Plötzlich zeigte Tschunka auf einen kleinen Felsen, der etwa zehn Meter von ihnen entfernt lag. Eine braune Nase lugte dahinter hervor, vorsichtig im lauen Wind schnüffelnd.
Mit einem unerwarteten Satz sprang das Tier gänzlich hervor. Es hatte beige-graues Fell, lange Beine und große Ohren. Seine Haltung war etwas geduckt. Nach Inilas Beschreibung, war Josy sich sicher, dass dies ein Kojote war. Er sah tatsächlich aus wie ein mittelgroßer Hund.
Der Kojote musste wohl so eine Art Späher des Rudels gewesen sein, denn Sekunden später gab es plötzlich Bewegung um sie herum – aus allen Ecken erschienen immer mehr Kojoten auf dem freien Platz in der Sonne. Nach und nach zählte Josy etwa 25 Tiere, darunter auch Jungtiere, die sich nahe bei der Mutter hielten.
Es machte Spaß ihnen zuzuschauen. Einige der Tiere schienen Nachlauf zu spielen, andere lagen genüsslich in der Mittagssonne. Die Kojotenmutter leckte fürsorglich jedes einzelne ihrer Jungen ab, worauf diese zu spielen begannen. In einem Knäuel krabbelten, liefen und fielen sie durcheinander. Josy kicherte leise.
Einmal entfernten sie sich bei ihrem Spiel wohl zu weit von ihrer Mutter. Sie rief sie mit einem Laut, der sich wie eine Mischung aus Bellen und Knurren anhörte, zurück.
Sofort kamen die Kleinen zurück gerannt. Einer fiel über seine eigenen Pfoten, überschlug sich... und rannte weiter. Nachdem sie dann von ihrer Mutter gesäugt worden waren, streckten sie sich auf dem warmen Boden aus und dösten.

Ein schriller Schrei zerriss die Stille!
Die Mädchen zuckten erschrocken zusammen und schauten sich um. Tschunka zeigte wortlos an den Himmel. Ein Adler näherte sich mit einem erneuten Schrei.
Die Kojoten stoben auseinander und suchten Schutz in Büschen und Felshöhlen, während der Vogel im Sturzflug herabschoss – geradewegs auf die Jungen zu.
Josy hielt den Atem an und unterdrückte einen Schrei.
Das Kleinste der Jungen blieb hinter den anderen zurück, der riesige Jäger steuerte es zielsicher an.
Im letzten Augenblick gelang es dem Kleinen seine Mutter zu erreichen, die dem Vogel deutlich drohte – bereit ihr Junges zu verteidigen.
Die Kojoten verschwanden in der Höhle, der Vogel drehte ab, kreiste noch zweimal über ihnen und verschwand dann schreiend am Horizont – dieses Mal erfolglos.
Dann war es still. Erleichtert atmete Josy auf.
„Jetzt sind sie weg", bedauerte Inila.
„Sie kommen gleich wieder", flüsterte Tschunka. „Nur Geduld."
Und wirklich; es dauerte nicht lange bis sie die erste Kojotenschnauze entdeckten und wenige Minuten später waren alle wieder zu sehen. Die Jungen begannen wieder zu spielen, andere streiften umher ... alles war ebenso ruhig und friedlich wie vor dem Angriff.

Ein besonders auffallender, großer Kojote mit dunkleren Flecken auf dem Rücken näherte sich ihnen. Etwa drei Meter vor ihnen blieb er stehen und nahm Witterung auf. Dann begann er sich sehr seltsam zu verhalten:

Es war, als wolle er die Menschen amüsieren, sie zum Lachen bringen. Er hüpfte umher, macht Luftsprünge, rollte sich auf den Rücken, lief seinem eigenen Schwanz hinterher...
Inila und Josy konnten nicht anders, sie mussten einfach lachen. Sogar Tschunka schmunzelte belustigt vor sich hin. Der Kojote schien sich an ihrem Gelächter überhaupt nicht zu stören. Im Gegenteil, er schien es zu mögen und vollführte noch tollere Kapriolen.
Nach etwa fünf Minuten endete das Schauspiel.
Der Kojote kam langsam näher. Gerade als es Josy unheimlich wurde, setzte er sich und schaute die drei mit seinen bernsteinfarbenen Augen an.
So saß er da und wartete.
„Ich denke, es ist an der Zeit ihm zu danken“, flüsterte Tschunka.
„Wie denn?“, gab Inila ebenso leise zurück.
„Überlegt, ob ihr etwas mitgebracht habt, das ihr verschenken könnt. Indem ihr es ihm gebt, könnt ihr euch bedanken.“ Inila begann in ihrer Tasche zu wühlen und nahm schließlich einen Salbeizweig hervor. Tschunka nickte ihr aufmunternd zu. Josy dachte an Serpentin, den Stein von Beryll. Sie hatte zwar keine Ahnung was der Kojote damit sollte, aber sonst hatte sie nichts. Also nahm sie ihn hervor.
Nun stand Tschunka vorsichtig auf. Der Kojote spitzte die Ohren, blieb aber sitzen.
Tschunka legte ein Stück gelb gegerbtes Leder vor den wartenden Kojoten. Als er wieder saß, stand Inila auf und brachte dem Tier ihren Zweig.
Dann war die Reihe an Josy, die ihren Stein dazulegte.
Als auch sie wieder ihren Platz eingenommen hatte, schien der Kojote ihnen zuzunicken. Daraufhin vergrub

er ihre Gaben wie ein Hund, der einen Knochen verbuddelt, in der Erde, drehte sich um und kehrte zu seinem Rudel zurück.
„Ich glaube, wir können jetzt zurückreiten. Wir haben alles gesehen."
Das Kojoten-Rudel ließ sich von ihrem Aufbruch nun in keiner Weise mehr stören.

Die Lehre des Südens

„Na, was habt ihr alles beobachtet?“, begann Tschunka das Gespräch, als sie sich ein Stück entfernt hatten.
Eifrig erzählten die beiden Mädchen alles, was sie gesehen hatten.
„Schön... und was sagt euch das?“
Keine Antwort.
„Nichts? Das ist aber wenig.
Denkt zum Beispiel mal über das Verhalten der Tiere nach. Wie war es vor, während und nach dem Angriff des Adlers?“
„Vorher haben sie friedlich gespielt oder gedöst. Als er kam, sind sie geflüchtet.“
„Richtig. Und weiter?“
„Als er weg war, kamen sie wieder.“
„Und... ?“
„... haben weiter gedöst.“, beendete Inila die Überlegung.
„Hatten sie Angst? Haben sie vor oder nach dem Angriff irgendwo in der Ecke gesessen und gezittert?“
Inila und Josy schüttelten die Köpfe.
„Dabei wissen sie genau, dass solch ein Angriff sich jeden Augenblick wiederholen kann!
Stellt euch vor, ihr seid irgendwo unterwegs und habt ständig Angst über einen Stein zu stolpern. Ihr habt nicht Angst wegen des Steins selbst, sondern davor, dass ihr euch ein Bein brechen könntet, vielleicht ins Krankenhaus müsst oder noch schlimmer, wochenlang nicht reiten könnt! Über all diese schrecklichen Vorstellungen macht ihr euch Gedanken, während ihr unterwegs seid. Und weil ihr so in euren Gedanken vertieft seid, seht ihr

den Stein auf dem Weg überhaupt nicht, und – bumm – liegt ihr da und habt euch wehgetan.
Hättet ihr euch aber statt auf eure Angst auf den Weg konzentriert, hättet ihr den Stein mit Sicherheit gesehen und wärt ganz gemütlich daran vorbei spaziert.
Die Kojoten haben den Adler kommen sehen und konnten sich alle retten."
In Josys Erinnerung tauchten einige Situationen aus ihrer Vergangenheit auf. Sie war wohl schon oft über diesen Stein gefallen, von dem Tschunka sprach...
„Ansonsten haben sie gespielt, sich um ihre Familie gekümmert, zufrieden in die Sonne geblinzelt und ihr Leben genossen", verfolgte Inila die Gedanken über das Verhalten der Kojoten weiter.
„Ganz genau. Sie haben sogar dafür gesorgt, dass ihr was zu lachen hattet!"
„Was war mit dem Großen, der zu uns kam? Warum war der so seltsam?", wollte Josy jetzt wissen.
„Das war der Bote der Hüterin des Südens. Durch ihn hat sie uns ihre Botschaft überbracht. Die Botschaft über die Kraft der Freude und die Gefahren der Angst."

Im Lager zurück, blieb Josy noch etwas Zeit, die sie heute mit Inila verbrachte.
Während sie gemeinsam ein paar älteren Frauen beim Gerben von Fellen halfen, stellte Josy ihr eine Frage, die sie schon lange beschäftigte: „Du, Inila... kennst du die Welt hinter den Nebeln? Warst du schon einmal dort?"
„Ich? Hinter den Nebeln? Wie sollte ich dahin kommen? Ich bin doch kein Mensch!"
„Sondern?"
„Ich bin ein Teil von dir und du bist ein Teil von mir!"

Schon wieder diese rätselhaften Worte, die Josy schon von Wambli und Owl gehört hatte.
Josy schwieg jetzt lieber, denn sie kam sich einmal mehr unendlich dumm vor. Es gab hier so viele Dinge, die wohl für alle selbstverständlich und logisch waren. Für alle – nur für sie nicht!
Sie entfernte sich soweit von den anderen, bis sie einen stillen Platz zwischen den Zelten gefunden hatte, wo sie sich nachdenklich ins Gras setzte.
Während sie den Himmel betrachtete, bemerkte sie, dass außergewöhnlich viele Wolken in Pilamaya aufzogen.
Schnell wurden es mehr und mehr. Sie verdunkelten die Sonne und zogen sich zu schweren, grau-schwarzen Wolkentürmen zusammen. In der Ferne rollte ein Donner.
Bisher hatte bei ihren Besuchen in Pilamaya immer die Sonne geschienen. Sofort tauchten die Bilder von Nagi mokotsche in Josy auf. Augenblicklich zog sich ihr Magen krampfhaft zusammen. Ängstlich schaute sie sich um, aber niemand schien auf das nahende Unwetter zu reagieren. Alle gingen ruhig ihren Beschäftigungen nach.
Zunehmend unruhig beobachtete Josy, wie sich der Himmel mehr und mehr verdunkelte. Erste Windböen fegten durch das Dorf.
„Was ist mit dir?“ Wambli stand hinter ihr. „Du schaust wie ein aufgescheuchtes Kaninchen.“
„Es donnert...“
„Ja, und? Es wird wohl ein Gewitter geben. Es wurde auch Zeit. Wir brauchen dringend Regen.“
Natürlich... Josy ärgerte sich in Gedanken selbst wegen ihrer Dummheit. Natürlich musste es auch in Pilamaya regnen, sonst könnte ja nichts wachsen. Das wusste

schließlich jedes Kind! Aber es hätte ja nicht gleich ein Gewitter sein müssen...
„Pass auf, dass du bei dem Wetter den Sonnenuntergang nicht verpasst. Am besten, du gehst bald.“
In diesem Augenblick brach das Gewitter los.
Der Regen fiel in dicken, dichten Tropfen. Sie konnten durch die Regenwand kaum mehr ein paar Meter weit sehen und waren innerhalb weniger Sekunden völlig durchnässt.
Ein Donner folgte dem anderen, ein Blitz jagte den nächsten. Der Wind rüttelte an Zelten, zerzauste ihre Haare und fegte wie ein riesiger Besen über das Gras hinweg.
Hilfesuchend schaute Josy zu Wambli. Diese verstand.
„Ich begleite dich nach oben. Nass bin ich jetzt sowieso“, beruhigte sie sie lächelnd.
Sie durchquerten das Dorf und Josy bemerkte, dass auch der Ausbruch des Unwetters weder jemanden zu stören noch jemanden zu ängstigen schien. Trotz des Windes standen die Zelte sicher und sogar dem Heiligen Feuer schien der Regen nichts anhaben zu können.
Einige Kinder tobten lachend in entstehenden Pfützen umher und bespritzten sich ausgelassen mit Wasser.
„Irgendwie ist hier alles anders“, dachte sie, während sie das Dorf verließen.
So schnell wie es gekommen war, war das Gewitter auch vorüber.
Bis sie oben ankamen, war die Wolkendecke aufgerissen und die untergehende Sonne kämpfte sich ihren Weg durch letzte Regenschleier.
„Toktscha, Josy. Beryll wird wohl gleich kommen. Bis dann!“ Wambli kehrte ins Tal zurück.

Von ihrem Aussichtspunkt am Felsen blickte Josy staunend über die Ebene.
Die Erde schien mit Diamanten übersät, als die Strahlen der Sonne sich in den Tropfen auf den Gräsern brach.
Der Himmel hinter den Wolken wirkte wie frisch gestrichen, die Luft war klar und rein; frisch gewaschen eben. Im Osten Pilamayas erschien ein prächtiger Regenbogen, dessen Enden in den riesigen See eintauchten.
Auf der anderen Seite graste in aller Ruhe die Ponyherde.
„Ja, das ist die andere Seite der Dunkelheit."
Beryll stand hinter ihr und wackelte sinnend mit dem Kopf.
Die Sonne versank im Westen langsam am Horizont. Der Regenbogen verblasste und der Abendhimmel zeigte sich in allen orange-rot-lila Schattierungen, durchzogen von mehr oder weniger großen Blumenkohlwolken, noch einmal von einer märchenhaften Seite.
Josy wurde schlagartig klar, wie sinnlos ihre Angst unten im Dorf gewesen war. Trotzdem hatte sie überhaupt nichts dagegen tun können. Sie war den Nagis völlig ausgeliefert gewesen. „Angst ist nicht gut", hörte sie die Stimme der Büffelfrau in sich und sah die Kojotenkinder ausgelassen umhertollen.
„Alles gut und schön", seufzte sie innerlich, „aber was um alles in der Welt soll ich denn dagegen tun?"
„Nun auf, wir müssen!", riss Beryll sie unsanft aus ihren Träumen.
Sie atmete noch einmal tief durch und versuchte sich jede Einzelheit der Bilder, die sie in den letzten Minuten hatte sehen dürfen, gut einzuprägen.
„Also gut. Gehen wir."
Auf den letzten Sonnenstrahlen Pilamayas reisten sie zurück in Josys Welt.

Gelungener Start in ein interessantes Wochenende

Am nächsten Tag war Sheila wieder in der Schule. Sie sah immer noch blass aus.
„Schön, dass du wieder da bist“, begrüßte Josy die Freundin.
„Ich muss über das Wochenende zu Oma.“, brummte diese düster. „Sie wollen uns los sein. Eileen muss auch mit.
Ich glaube, Papa kommt am Wochenende. Da wollen sie in Ruhe reden, sagt Mama. Deshalb wäre es besser, wenn wir nicht da sind.“
„Mach dir nichts draus“, seufzte Josy, „mir geht es nicht anders. Ich gehe wohl zu Papa... und Susan.“ Und sehr, sehr leise fügte sie hinzu:„...damit Mama sich in Ruhe betrinken kann.“
„Was?“ Sheila hatte die letzten Worte wohl nicht verstanden.
„Ach nichts...“
Der Schulmorgen schlich dahin, aber irgendwann hatte die Klingel endlich ein Einsehen und läutete das Wochenende ein. Alle jubelten. Erleichtert packte Josy ihre Englischsachen in die Schultasche und verließ mit Sheila das Schulhaus. Nebeneinander gingen sie die Straße zu ihrem Wohnviertel entlang, jede in ihre eigenen Gedanken versunken. Beide schauten auf ein Wochenende mit unklarem Ausgang.
„Weißt du was“, unterbrach Josy ihr Schweigen, „ich glaube, wir sollten einfach das Beste daraus machen. Wenn wir jetzt schon trübsinnige Laune haben, bringt das auch nichts. Die Sonne scheint und es wird langsam

richtig warm. Das sind doch tolle Voraussetzungen für ein gelungenes Wochenende, oder?“ Sie grinste etwas schief, bemühte sich aber Zuversicht in ihre Stimme zu legen.
„Du hast gut reden...“
„Wieso? Vielleicht können deine Eltern ja alles klären, wenn sie in Ruhe reden können. Wart doch mal ab! Und vielleicht wird es bei Papa ja auch ganz schön.“
„... und vielleicht betrinkt Mama sich ja auch gar nicht.“, hoffte sie in Gedanken.
„Ich ruf dich mal an bei deiner Oma, ja? Ich habe ja ihre Nummer.
Wann musst du weg?“
„Gegen Abend werden wir von Oma abgeholt.“
„Gut. Ich ruf nachher gleich Papa an und klär mit ihm, dass er auch abends kommt. Dann gehen wir mittags noch zusammen ins Kino!“
Ein Lächeln glitt über Sheilas Gesicht. „Einverstanden. Josy, du bist einfach super. Also dann, bis später.“ Sie bog in die Straße, in der sie wohnte, ab.
Zu Hause flog Josys Schultasche in die nächste Ecke, und sie eilte sofort zum Telefon. Zweifel stiegen in ihr auf. Was sollte sie Papa sagen, wenn er fragte, warum sie schon wieder kommen wollte? Am letzten Wochenende war sie ja nicht schnell genug wieder nach Hause gekommen. Und die Stimmung in der sie Papa und Susan verlassen hatte, war auch nicht gerade berauschend gewesen....
Sie dachte an das Bild mit dem weißen Büffel und entschied, Papa die Wahrheit zu sagen.
Also gab sie sich einen Ruck, nahm den Telefonhörer in die Hand und wählte die Nummer.
Susan meldete sich.

Natürlich! Papa war noch auf der Arbeit!
Nach kurzem Zögern erklärte sie Susan ihr Anliegen.
„Klar kannst du kommen. Ich sage Ralf, dass er dich abholen soll.
Bis heute Abend dann!“
Keine Nachfrage, keine dumme Bemerkung, nichts.
„O.k. Danke. Bis dann.“ Erleichtert legte sie den Hörer auf.
Mit der Schultasche in der Hand ging sie in ihr Zimmer. Ergeben packte sie aus. Diesmal wollte sie die Hausaufgaben gleich machen. Sie hatte keine Lust auf erneuten Ärger.
Um drei war sie fertig, erklärte ihrer Mutter ihre Pläne, und machte sich auf den Weg zu Sheila, die sie schon erwartete.
Der Kinofilm, der unter anderem viele schöne Aufnahmen von heute noch frei lebenden Pferden zeigte, war prima. Für eineinhalb Stunden vergaßen die beiden Mädchen all ihre Sorgen, genossen den Film und knabberten zufrieden gesalzene Erdnüsse.
Nach dem Film waren sich beide einig: immerhin war der Start in dieses Wochenende gelungen!
Sie umarmten sich zum Abschied und fühlten sich dabei wie Verbündete.
„Du weißt ja, nicht unterkriegen lassen!“, ermahnte Josy ihre Freundin.
„Ich tue mein Bestes. Mach` du es auch gut. Und ruf` mich an!“
„Versprochen!“
Damit trennten sich ihre Wege.
Papas Auto stand schon vor der Tür. Er selbst saß zeitungslesend hinter dem Steuer und wartete.
„Du bist schon da?“, begrüßte ihn Josy.

„Susan hat mich auf dem Handy angerufen. Ich wusste nicht, wie dringend es ist. Da habe ich mir gedacht, ich komme gleich nach der Arbeit. Aber erst mal: Hallo!“ Er küsste sie auf die Stirn.
Bei Papas Worten regte sich schon wieder Unwille in ihr. „Wieso denn dringend“, wollte sie sagen, „was soll denn sein?“
Aber sie verkniff sich diese Bemerkung und erklärte stattdessen: „Mama geht heute und morgen Abend aus.“
„Ach so. Na dann hol mal deine Sachen.“

Josy hatte sich wirklich vorgenommen das Beste aus diesem Wochenende zu machen und bemühte sich so freundlich wie möglich zu sein. Sie war selbst überrascht, wie einfach es war.
Abends half sie Susan freiwillig Küche aufräumen. Sie nutzte dabei die Gelegenheit ihr ein paar Fragen zu stellen, die ihr schon längst auf der Seele brannten.
„Du, Susan“, begann sie zögernd. „Danke für das Bild.“
Susan zwinkerte ihr nur zu.
„Woher kennst du den Hüter des Nordens?“
„Aus Pilamaya.“, war Susans prompte Antwort.
Klirr!
Eine Tasse zersprang zu Josys Füßen in hundert Teile.
Also doch! Susan kannte Pilamaya!
Sie begann mit hochrotem Kopf die Scherben aufzuheben.
„Du warst schon dort?“ Ihre Stimme zitterte vor Erregung.
„Schon unzählige Male. Du auch?“
Josy nickte. Susan redete so selbstverständlich über Pilamaya, als würden sie vom Nachbardorf sprechen!
„Bist du Gleschka wambli?“

„Gleschka wambli? Nein, ich bin Susan."
Jetzt war Josys Verwirrung perfekt!
„Aber ich habe dich doch dort getroffen, und du hast dich als Gleschka wambli vorgestellt. Und Paps war auch dort, er heißt Tschunka wakan und Jonathan ist Little bear! Du musst das doch wissen, wenn du schon so oft dort warst!"
Sie war der Verzweiflung nahe.
„Ja, ich war schon in Pilamaya, Josy. Aber in meinem Pilamaya!
Pilamaya ist ein Teil jedes Menschen. Und da jeder Mensch anders ist, sieht auch jedes Pilamaya anders aus. Es ist ein Teil deines Wesens, deiner Träume, Wünsche und Phantasien.
Nur die Lehren Pilamayas, die sind für jeden Menschen gleich. Wer nach Pilamaya reisen kann, hat die Möglichkeit viel über das Leben zu lernen. Dort erfährt man immer die Wahrheit. Und die Wahrheit ist für alle gleich.
Aber ich finde es schön, dass es mich in deinem Pilamaya gibt. Ich hoffe, wir haben uns gut verstanden."
Josy nickte stumm. Das war wirklich nicht leicht zu verstehen.
„Wenn ich nach Pilamaya gehe, ist das dann so etwas wie eine Reise in mich selbst?"
„Das ist keine schlechte Erklärung. Eine Reise in einen Teil von dir, der alles weiß und der nur die Wahrheit spricht. Ab und zu melden sich sogar in deinem Alltag leise Stimmen aus Pilamaya. Manche Menschen reden dann von ihrer inneren Stimme, andere von Gewissen.
Reisen nach Pilamaya sind meistens sehr schöne Reisen; du darfst nur niemals vergessen zurückzukommen."
Ernst blickte Susan Josy in die Augen.
„Das hat mir Beryll, der Kristall, schon klargemacht."
„Schön."

Es hatte Josy gut getan, mit jemandem über Pilamaya sprechen zu können. Endlich hatte sie das Gefühl, dass es nicht nur eine Spinnerei von ihr war. Endlich hatte sie eine ungefähre Vorstellung davon, was Pilamaya eigentlich war. Sie konnte sich ihre Reisen zwar immer noch nicht ganz erklären, aber das war ihr jetzt erst einmal egal.

„Gehst du noch mit ins Wohnzimmer?“, fragte Susan sie, als alles Geschirr wieder auf seinen Platz geräumt war.

„Hm.“

In Gedanken noch halb in Pilamaya folgte sie Susan.

Ralf und Jonathan saßen am Tisch und spielten Karten. Susan und Josy schlossen sich an.

Es wurde ein schöner Abend. Sie spielten, erzählten und lachten viel. Gegen neun sagte Ralf dann:„So, und jetzt ab mit euch ins Bett.“

Jonathan meckerte zwar ein bisschen herum, weil doch Wochenende war, aber Josy fand es in Ordnung. Sie hatte ja noch was vor.

„Also, gute Nacht dann.“, sagte sie deshalb gleich.

„Gute Nacht“, war die dreistimmige Antwort und mit einem Augenzwinkern wünschte Susan ihr noch viel Spaß.

„Viel Spaß? Im Bett?“ Jonathan schnaufte verächtlich.

Aber Josy hatte verstanden. Sie zwinkerte zurück.

Seltsam... so schlimm war Susan ja wirklich nicht. Sie hatte tatsächlich viel Ähnlichkeit mit Wambli.

Kaum im Besucherzimmer angekommen, löschte sie das Licht, trat zu Beryll ans Fenster und startete ihre vierte Reise nach Pilamaya.

Das Fest des Bären

Als sich Josy an diesem Morgen dem Dorf näherte, fiel ihr sofort die ungewohnte Betriebsamkeit auf. Das ganze Dorf war auf den Beinen. Sie sah Frauen, die in vielen kleinen Gruppen um Feuer standen, kochten und Maisbrot buken. Männer zerlegten ihre Jagdbeute und bereiteten weitere Feuerstellen vor. Die ältesten Frauen und Männer saßen rund um das Heilige Feuer, trommelten und sangen. Die Kinder liefen aufgeregt zwischen allen umher.
„Guten Morgen, Wambli. Was ist denn hier los?“
„Wir feiern heute unser alljährliches Fest zu Ehren des Hüters im Westen!“
Einmal im Jahr gibt es ihm zu Ehren und uns zur Freude dieses Fest.
Für einige von uns ist das Fest des Bären immer ein ganz besonderer Tag, weil sie an diesem Tag ihren neuen Namen erhalten.“
„Neue Namen? Ich denke, man bekommt bei seiner Geburt von den Eltern seinen Namen und den behält man sein Leben lang!“
„Bei uns ist das anders. Als Kind bekommst du einen Namen von deinen Eltern. Wenn du dann aber älter bist, musst du herausfinden, welche Aufgaben du in deinem Leben erfüllen möchtest. Das ist nicht immer ganz einfach, aber oft bekommt man gute Hinweise, wenn man darauf achtet, was einem besonders interessiert, was man gerne tut oder gut kann. Schon die kleinsten Kinder bei uns lernen, dass sie ihre Fähigkeiten auch nutzen sollen, zum Wohle aller. Schließlich leben wir ja nicht einfach so zufällig auf der Erde. Jedes Wesen hat hier seine

Aufgabe! Wenn man sich dann mit zwölf oder dreizehn Jahren seiner Aufgabe ziemlich sicher ist, bittet man die Hüter des Westens um Unterstützung und erhält von unserem Medizinmann seinen neuen Namen, der etwas mit den selbst gewählten Aufgaben zu tun hat."

„Interessant. Und was gibt es da so für Namen?"

„Einige kennst du ja schon. Tschunka wakan bedeutet zum Beispiel: Pferd. Tschunka hat ihn bekommen, weil er ein sehr intensives Verhältnis zu Pferden hat, was man auch daran erkennt, dass der Hengst der Herde sein Pony-Freund ist. Er hat den Ponys schon oft geholfen, wenn sie verletzt waren, oder eine Geburt problematisch verlaufen ist. Er ist ein Meister darin, sich mit ihnen zu verständigen und erspürt ihre Bedürfnisse und Probleme.

Dann gibt es noch Owl. Owl bedeutet Eule. Mit der Eule verbinden wir Wissen, besonders das Wissen über Heilkräfte aller Art. Wie du weißt, ist sie die Heilerin im Dorf.

Wenn du möchtest, schau dich noch ein bisschen um, es gibt heute viel zu sehen hier. Ich möchte Mato wakan, unserem Medizinmann noch bei seinen Vorbereitungen helfen."

Während Wambli im westlichen Zelt des äußeren Kreises verschwand, machte Josy sich auf den Weg zu den Ponys. Sie wusste nicht so recht, was sie in all dem Treiben tun sollte.

Wamblis Worte klangen in ihr nach: Wenn du dann älter bist, musst du herausfinden, welche Aufgaben du in deinem Leben erfüllen möchtest!

Ihre Aufgabe im Leben... Ein neuer und für Josy völlig fremder Gedanke.

Was machte ihr Spaß? Was konnte sie gut?

Das einzige, was ihr dazu einfiel, waren Tiere. Zu Tieren hatte sie schon immer ein besonderes Verhältnis gehabt. Da war zum Beispiel der Hund ihrer ehemaligen Nachbarin. Oft war sie mit ihm spazieren gegangen, und er hatte auf sie besser gehört, als auf seine Besitzerin. Aber vor einem halben Jahr waren diese Nachbarn in eine andere Stadt gezogen.
Tierbücher hatte sie schon viele gelesen. Ihr Zimmer hing voller Tierbilder. Und Reiten lernen hatte sie sich schon als kleines Kind gewünscht, aber dabei war es dann auch geblieben. Wirklich viel zu tun hatte sie mit Tieren bis jetzt eigentlich noch nicht. Leider!
Trotzdem; wenn sie darüber nachdachte, welchen Beruf sie mal erlernen könnte... mit Tieren zu arbeiten wäre schon schön...
Hazel hatte sie inzwischen begrüßt, und Josy erzählte ihr ihre Gedanken. Hazel hörte zu.
Als Josy bewusst wurde, was sie da gerade tat, musste sie unwillkürlich schmunzeln. Sie unterhielt sich tatsächlich mit einem Pferd! Noch vor ein paar Tagen hätte sie das für völlig unmöglich oder sogar für verrückt gehalten! Immer noch lächelnd schmiegte sie sich an Hazels warmen Hals.
Dann begann sie mit Hazel zu spielen. Sie spielten so eine Art Nachlauf, wobei Josy immer vorauslief. Mal ging sie ganz langsam, mal lief sie so schnell sie konnte. Hazel folgte ihr immer und Josy kraulte ihr zum Dank die Stirn. Schließlich wurde es immer wärmer und Josy suchte sich einen gemütlichen Platz im Schatten eines größeren Busches. Von hier aus beobachtete sie die Herde noch eine ganze Weile. Hazel blieb in ihrer Nähe und graste.

„Josy!“ Inila kam rufend und winkend den Weg entlang gelaufen. „Wambli schickt mich. Du sollst jetzt ins Dorf kommen. Das Fest beginnt bald!“
Josy streichelte Hazel zum Abschied über die Nüstern und lief Inila hinterher, die schon wieder hinter der Wegbiegung verschwunden war.
„Wann geht es denn los?“, wollte Josy wissen, als sie etwas außer Atem Inila eingeholt hatte.
„Wenn die Sonne ihren höchsten Punkt erreicht hat, beginnt Mato wakan mit der Zeremonie.“
Zurück im Dorf, staunte Josy nicht schlecht.
Alle hatten prächtige, mit Perlen bestickte Hemden und Kleider angezogen. Einige der Männer trugen Kopfschmuck aus Federn, andere riesige Federräder auf dem Rücken, die man als Tanzräder bezeichnete.
Viele trugen Rasseln, Glocken, kleine Trommeln oder flötenähnliche Instrumente, einige hatten sich mit bunten Farben bemalt.
Sowohl das Dorf selbst, als auch seine Bewohner waren ganz offensichtlich auf ein nicht alltägliches, großes Fest vorbereitet.
Als Wambli Josy erblickte, bat sie sie in ihr Zelt zu kommen.
Sie reichte ihr ein kleines Stück Leder und ein Stück Holzkohle.
„Mato wakan wird in seiner Zeremonie den Hüter des Westens darum bitten uns unsere größten Sorgen und Ängste zu nehmen und uns einen guten Weg für unser Leben zu zeigen.
Wenn du an der Zeremonie teilhaben möchtest, kannst du das tun. Dazu solltest du aber dieses Lederstück vorbereiten.

Es ist für deine Sorgen oder Ängste bestimmt. Für etwas, das du gerne abgeben würdest. Suche ein Wort oder ein Zeichen, dass für diese Sorgen steht. Schreibe oder male es mit der Holzkohle auf das Lederstück.
Wenn du fertig bist, komm gleich zu uns nach draußen; die Sonne hat bald ihren höchsten Punkt erreicht."
Nachdem Wambli das Tipi verlassen hatte, dachte Josy nach:
Sorgen hatte sie viele, und Ängste wohl auch.
Was wollte sie am liebsten loswerden?
Was war ihr am wichtigsten und beschäftigte sie am meisten?
Sie brauchte nicht lange zu überlegen.
Entschlossen schrieb sie das Wort: Mama.
Daneben malte sie eine Flasche
Sie rollte das Lederstück zusammen, steckte es ein und ging nach draußen.
Alle Dorfbewohner hatten sich in einem großen Kreis um das Heilige Feuer versammelt. Die Schläge der Trommeln vereinten sich mit den Rasseln, Glocken und Flöten zu einem eindringlichen Rhythmus.
Plötzlich öffnete sich der Menschenkreis. Eine Gasse entstand, durch die der Medizinmann auf die Mitte des Kreises zutanzte.
Über seinen Schultern hing das riesige, schwarzgraue Fell eines Bären. Auf seinem Kopf saß, wie eine Mütze, der Kopf des Bären. Die Beine des Mannes waren ebenfalls in Felle gehüllt, Füße, Arme und Hände waren nackt.
In der Hand hielt er einen langen Stab, an dem allerlei Dinge befestigt waren, die Josy nicht erkennen konnte.
Josy fand das Aussehen des Mannes faszinierend und furchterregend zugleich.

Während der Medizinmann sich um das Feuer bewegte, wurde sein Tanz immer heftiger, die Musik immer schneller und lauter – bis sie abrupt abbrach.
Stille herrschte.
Mato wakan richtete sich auf, erhob die Arme zum Himmel und begann zu singen.
„Jetzt bittet er den Hüter des Westens mit Hilfe seines Gesanges um die Kraft der Verwandlung.“, erklärte ihr Tschunka, der sich inzwischen neben sie gestellt hatte. Während er singt, kann jeder der möchte, seine Sorgen in Form eines kleinen Gegenstandes oder eines Symbols auf Leder, zu ihm tragen.
Schweigend zeigte Josy ihm ihr Lederstück.
„Schön. Dann hat Wambli dich ja gut vorbereitet.“
Viele Bewohner – Kinder, Männer und Frauen – gingen nun auf den Bärentänzer zu und warfen ihm Lederstücke oder kleine Gegenstände zu Füßen. Auch Tschunka, Wambli, Inila und Josy brachten ihre Sorgen zu ihm hin.
Als alle zum Kreis zurückgekehrt waren, beendete der Medizinmann seinen Gesang.
Die Trommeln setzten wieder ein und mit ihnen begann Mato wakan auf ein Neues zu tanzen.
Während dieses Tanzes stampfte und hüpfte er auf all den Dingen, die vor ihm auf dem Boden lagen, herum, schlug mit seinem Stock dagegen, wirbelte durch die Luft und stieß schrille Schreie aus.
„Was tut er denn jetzt?“, wandte sich Josy verständnislos an Tschunka.
„Zuerst treibt er die Nagis sozusagen aus den Dingen, die wir ihm gegeben haben, heraus. Dies tut er indem er darauf herumspringt und -stampft.
Dann verjagt er sie, indem er selbst umherwirbelt und Schreie ausstößt.

Mit der Kraft des Bären wird es in Zukunft dann vielleicht jedem Einzelnen von uns gelingen, die Nagis, die an sein Problem gebunden sind, dauerhaft zu verscheuchen."
Als der Tanz des Bären ruhiger wurde, gesellten sich nach und nach mehr Tänzer zu ihm.
„Nun hat er unsere Sorgen zertanzt. Gemeinsam wandeln wir sie nun in Freude um. Komm, lass uns mittanzen!"
Tschunka zog sie mit sich in die Mitte. Kurz darauf tanzten alle Bewohner des Dorfes den Tanz des Bären.

Irgendwann verstummten die Trommeln und der Kreis bildete sich auf ein Neues.
In seiner Mitte standen nun nicht nur der Medizinmann, sondern auch ein Junge und ein Mädchen, die sichtlich aufgeregt waren.
Die Trommeln gaben einen erneuten Rhythmus, worauf der Junge zu tanzen begann.
„Er tanzt den Fische-Tanz. Er möchte damit sagen, dass er sich berufen fühlt, sich für die Fischjagd und die Erhaltung der Fischschwärme einzusetzen.", erklärte Tschunka.
Die Trommeln schwiegen.
Stattdessen begannen Flöten und einige Glocken ihr Spiel.
Anmutig brachte das Mädchen seinen Tanz dar.
„Was möchte sie sagen?"
„Ehrlich gesagt, ich weiß es nicht genau. Aber es hat irgendetwas mit Freude und Sonne zu tun. Ich denke, wir werden es noch erfahren.
Als das Mädchen geendet hatte, setzten sich die beiden Tänzer abwartend auf den Boden.

Feierlich, unter begeisterten Ausrufen der Umstehenden, begann die Namensgebung.
Der Junge erhielt entsprechend seinem Tanz den Namen Hogan tokeya, was übersetzt erster Fisch bedeutet.
Das Mädchen sollte von nun an Rising Sun, also aufgehende Sonne, heißen. Der Medizinmann erklärte den Zuhörern, ihre Stärke sei ihr freundliches, sonniges Gemüt und ihr liebevoller Umgang mit den jüngeren Kindern. Sie habe sich zum Ziel gesetzt, sich um die Kinder des Dorfes und die Ausbildung der Mädchen zu kümmern.
Nach der Namenszeremonie schickte Mato wakan ein weiteres Gebet zum Himmel, dass jeder der Anwesenden den für ihn besten Lebensweg finden möge. Dann begann noch einmal ein gemeinsamer Freudentanz, der zugleich ein Dank an den Hüter des Westens darstellte.
Josy geriet in einen regelrechten Freudentaumel. Sie tanzte alleine, abwechselnd mit ihren Freunden, mit Leuten, die sie gar nicht kannte oder mit vielen gleichzeitig.
In den kurzen Atempausen aßen und lachten sie. Das Dorf feierte in einem Meer von Harmonie und Freude. Josy war einfach nur glücklich.

„Du musst gehen..." Owl stand neben Josy.
„Ich weiß... es dämmert schon.
Großmutter, glaubst du, dass es funktioniert?"
„Was genau?"
„Dass man seine Sorgen einfach so abgeben kann? Und dass man Hinweise bekommt, welcher Weg der richtige ist?"
„Seit Jahrhunderten legen Wesen, wenn sie selbst nicht die Kraft oder die Möglichkeit haben ihre Probleme

zu lösen, diese Sorgen, in die Hand Wakan tankas, des Großen Geistes.
Es gibt nun mal Dinge, die können wir selbst nicht alleine ändern.
Seit Jahrhunderten scheint es zu funktionieren, sonst würde es wohl niemand mehr tun.
Warum also sollte es bei dir nicht funktionieren?
Mit den Wünschen ist es ähnlich. Wenn du deinen Weg finden willst und mit offenen Augen durch deine Welt gehst, findest du ihn auch. Sicher! Allerdings musst du auch bereit sein, etwas dafür zu tun.
Aber jetzt ab mit dir!"
Die Sonne war schon fast am Horizont verschwunden. Josy rannte den Weg bis zum Felsen und wieder einmal schaffte sie es gerade noch rechtzeitig anzukommen.
Gemeinsam mit Beryll verließ sie müde, glücklich und voller neuer Eindrücke das Fest des Bären.

Unerwartete Ereignisse

Als die Sonne ihre Strahlen am Sonntagmorgen durch das Fenster schickte, saß Josy bereits angezogen auf dem Bett.

Vor ihr saß ihr alter Teddy, den sie gedankenverloren betrachtete. Er hatte auch dunkles Fell. Sie erinnerte sich daran, dass sie ihm früher immer all ihre Sorgen erzählt hatte. Sie hatte ihn in den Arm genommen und sich nicht mehr alleine gefühlt. Auch heute war er noch ihr Begleiter, obwohl sie schon oft gedacht hatte, dass sie jetzt wohl langsam zu alt für diesen Kinderkram sei. Ihren Freundinnen gegenüber hatte sie niemals zugegeben, dass sie noch mit dem Teddy schlief!

Nach dem Fest des Bären sah sie dies nun etwas anders. Vielleicht war das mit dem Teddy gar keine Kinderei... vielleicht war dieses kleine, geliebte Stofftier ja auch ein kleiner Teil des Hüters im Westen. Vielleicht hatte er sich in Form des Teddybären hinter die Nebel geschlichen um den Kindern zu helfen!

Dieser Gedanke gefiel Josy.

So gesehen, war es wohl kein Zufall, dass so viele Kinder ausgerechnet einen Teddy als Stofftier hatten.

Sie setzte den alten Freund liebevoll auf das Kopfkissen und beschloss Frühstück zu richten.

Nach und nach trudelte auch der Rest der Familie ein, woraufhin sie ein ausgedehntes Sonntag-Morgen-Frühstück begannen.

Da es nicht mehr lange bis Ostern war, fragte Ralf zwischen Schinkenbrötchen und Ei in die Runde:„Was wünscht ihr euch eigentlich zu Ostern?“

„Einen Hund...“, entfuhr es Josy. Doch kaum hatte sie es ausgesprochen, bereute sie ihre Aussage schon.
Jonathan begann schallend zu lachen. Papa und Susan schauten sie überrascht an.
Josy biss sich nervös auf die Unterlippe.
„Das kannst du ja wohl voll und ganz vergessen!“, war Jonathans trockener Kommentar, nachdem er sein Gelächter endlich beendet hatte.
„Da hat er wohl recht.“, nickte Ralf. „Abgesehen davon, dass Mama die Idee wohl gar nicht gut fände, dürft ihr in eurer Mietwohnung überhaupt keinen Hund halten. Das ist in euerem Mietvertrag so geregelt, genauso wie in unserem.
Zudem braucht so ein Tier viel Zeit, Auslauf und Pflege. Tagtäglich. Das ist eine große Verantwortung.
Wie kommst du überhaupt darauf?“
Alle Blicke ruhten auf Josy.
„Früher war ich oft mit Benny spazieren, dem Hund von unserer Nachbarin... aber die ist jetzt weg gezogen.
Ich habe mir immer schon ein Haustier gewünscht, leider durfte ich aber nie eins haben.“
Und nach kurzer Überlegung fügte sie noch hinzu: „Vielleicht könnte ich ja auch Reitstunden nehmen. Das würde mir auch gefallen.“
„Typisch! Hund... Reitstunden... So etwas kann auch nur meiner Schwester einfallen!
Also ich wünsche mir einen Fußball, einen aus Leder. Und am besten mit roten Feldern!
Kann ich jetzt aufstehen, Papa? Ich treffe mich um elf mit Jörg zum Trainieren. Nächste Woche haben wir ein wichtiges Spiel!“
„Weg mit dir, du Nervensäge“, gab Ralf ihm lachend die Erlaubnis.

Damit war Jonathan verschwunden.
„Deine Wünsche sind nicht ganz leicht zu erfüllen", nahm Susan das Thema wieder auf. „Das mit dem Hund ist wohl kaum möglich und Reitstunden sind sehr teuer. Aber ich kann dich verstehen.
Wie wäre es, wir machen heute mal einen Ausflug ins Tierheim? Dort gibt es massenhaft arme Kerlchen, die sich freuen, wenn ab und zu jemand kommt und sich um sie kümmert. Vielleicht findest du ja auf diese Weise eine Möglichkeit, dich um einen Hund zu kümmern und dich mit ihm zu beschäftigen."
Tierheim... die Idee klang nicht schlecht...
„Wir können es uns ja mal anschauen. Wir informieren uns erst einmal über die Möglichkeiten. Dann kannst du immer noch entscheiden, ob du dort ab und zu mal hingehen möchtest oder nicht. Auf jeden Fall könntest du sowohl von hier aus, als auch von zu Hause aus mit dem Fahrrad hinfahren. Das wäre schon mal ein großer Vorteil."
So nahm dieser Tag für Josy einen völlig unerwarteten Verlauf.
Nachdem sie gemeinsam den Tisch abgeräumt hatten, gingen sie los. Papa hatte beschlossen bei diesem tollen Frühlingswetter den Besuch im Tierheim mit einem ausführlichen Spaziergang zu verbinden. Also blieb das Auto in der Garage.
Unterwegs erzählte Susan Josy, dass sie ebenfalls gerne mit Tieren leben würde, dass dies aber im Moment leider auch noch nicht möglich wäre. Aber wenn sie wirklich einmal ein eigenes Haus kaufen würden, dann musste es einen großen Garten haben, damit sie genug Platz für einen Hund hätten – und vielleicht auch für ein Pferd.

Als sie das Pferd ins Gespräch brachte, blieb Josy vor Überraschung stehen und auch Ralf blickte erstaunt auf Susan.
„Du willst dir ein Pferd kaufen? Kannst du reiten?" Josy wusste im Augenblick kaum, was sie denken sollte.
„Ein bisschen. Ich wollte es immer richtig gut lernen, aber meine Eltern konnten mir das damals nicht finanzieren. Es war einfach zu teuer. Aufgegeben habe ich diesen Traum aber noch lange nicht!"
„Schön, dass ich das auch mal erfahre", schmunzelte Ralf und legte Susan einen Arm um die Schulter. „Das kann ja noch heiter werden... mit gleich zwei pferdenärrischen Frauen!"
Zwinkernd legte er nun seinen zweiten Arm um Josys Schulter, so dass diese gar nicht erst die Gelegenheit hatte sich überflüssig vorzukommen.

Im Tierheim trafen sie auf eine nette junge Frau namens Mrs. Scott, die gerne bereit war ihnen alles zu zeigen und ihre Fragen zu beantworten.
„Ja, es gibt so etwas wie Tierpatenschaften bei uns", bestätigte sie. „Das Problem liegt darin, dass man sich als Pate nicht so sehr an ein Tier gewöhnen darf, denn unser oberstes Ziel ist natürlich, ein neues Zuhause für die Tiere zu finden. Das ist gerade bei Kindern ein Problem. Oft gibt es Tränen, wenn das Tier eines Tages fort ist.
Manche Tiere sind aber schon ziemlich alt. Dann lassen sie sich schwer noch vermitteln und sie verbringen nicht selten den Rest ihres Lebens bei uns."
Mrs. Scott führte sie zu den Hundzwingern, wo sie von einem ohrenbetäubenden Gebell empfangen wurden. In über zwanzig Zwingern saßen Hunde aller Größen und

Rassen. Die meisten allein, manche auch zu zweit oder zu dritt.
„Das hier zum Beispiel ist Spencer. Spencer ist schon über ein Jahr bei uns. Er wurde angebunden auf einer Autobahnraststätte gefunden. Wahrscheinlich wollten seine Besitzer ihn loswerden, weil sie in Urlaub wollten. Da war der Hund eben zuviel! Laut Aussage unserer Tierärztin ist er jetzt etwa zehn Jahre alt. Das ist den meisten Leuten schon zu alt. Sie bevorzugen junge Hunde, am liebsten jünger als drei Jahre. Dabei kann Spencer noch gut und gerne fünf Jahre leben. Mischlingshunde wie er werden oft sogar noch älter!"
Im Zwinger vor ihnen saß ein kleiner brauner Kerl mit Schlappohren und struppigem Fell.
„Spencer ist ein Mischling. Wir glauben, dass seine Mutter ein Cocker-Spaniel war. Er würde sich sicher über einen kleinen Spaziergang freuen. Er ist ein braver Kerl. Wenn ihr wollt, dürft ihr ihn mal für ein halbes Stündchen mitnehmen. Es würde ihm gut tun."
Und ob Josy wollte!
Nachdem Susan ein Blatt ausgefüllt und unterschrieben hatte, auf dem sie bestätigte, dass sie Spencer auch sicher wieder herbrachten, zogen sie noch einmal los. Dieses Mal mit Hund, den Josy glücklich an der Leine führte.
Spencer schien der Ausflug wirklich gut zu tun. Er rannte mit Josy um die Wette, reagierte sogar auf „Sitz!" und ließ sich schwanzwedelnd hinter den Ohren kraulen.
Ja, das konnte Josy sich vorstellen. Es wäre bestimmt toll öfter hierher zu kommen und mit einem der Hunde spazieren zu gehen. Vielleicht würde Sheila sogar mitkommen. Sheila… oh weh..., die hatte sie ganz vergessen. Sie hatte doch versprochen sich bei ihr zu melden. Wie es ihr wohl ging?

Josy nahm sich vor, sie gleich nach ihrer Rückkehr anzurufen.
Auf dem Rückweg besprachen sie, dass Josy es einmal mit einer solchen Patenschaft versuchen wollte. Vorausgesetzt, ihre Mutter hatte keine Einwände.
Geld würde das nicht kosten, aber sie musste sich verpflichten, mindestens ein- oder zweimal in der Woche zu kommen und sich um ihren Pflegling zu kümmern. Das wollte Josy gerne tun.

Gegen vier kamen sie wieder zuhause an. Josy hielt ihr Versprechen und rief Sheila an.
Es sei ganz nett bei Oma, erzählte diese. Sie kümmere sich wirklich ganz lieb um sie, aber sie, Sheila, sei mit ihren Gedanken eben immer bei Mama und Papa. Diese hätten sich noch nicht gemeldet.
Josy erzählte kurz von ihrem Besuch im Tierheim, dann verabredeten sich die Freundinnen morgen eine halbe Stunde vor der Schule an ihrem Treffpunkt, damit sie noch Zeit zum Erzählen hatten.
Als Ralf Josy nach einer gemütlichen Teezeit mit Kirschtee und Marmorkuchen nach Hause fuhr, war Josy noch immer mit ihren Gedanken bei den Tieren im Tierheim. Besonders eine Sache machte ihr große Sorgen...
„Paps, kannst du nicht lieber mit Mama reden, wegen des Tierheims. Wenn ich sie frage, hält sie das bestimmt nur für eine dumme Idee.“
„Hm. Machen wir einen Kompromiss: du fragst sie und ich bleibe so lange da. Wenn es Schwierigkeiten geben sollte, kann ich dich ja dann unterstützen.“
Damit war Josy beruhigt und sie betraten gemeinsam die Wohnung.

„Mama!
Mama... wo bist du?"
„Nicht so laut..." Ihre Mutter kam aus dem Schlafzimmer und hielt sich den Kopf.
„Mir geht es nicht so besonders gut heute, weißt du..."
Sie sah aus, als sei sie eben erst aufgestanden.
Verwirrt schaute sie Josys Vater an, der sie wiederum sehr skeptisch betrachtete.
Es kam nicht oft vor, dass er mit in die Wohnung kam, wenn er Josy zurückbrachte.
„Josy möchte etwas mit dir besprechen", erklärte er seine Anwesenheit und versuchte dabei das Aussehen von Josys Mutter nicht zu beachten.
Josy erzählte kurz von ihrem Ausflug und von ihrer Absicht im Tierheim eine Pflegschaft zu übernehmen.
„Kosten würde das nichts, ich würde nur ein paar Mal die Woche mit dem Fahrrad dort hinfahren und mich um die Tiere kümmern. Darf ich? Bitte sag ja, Mama!"
„Mit dem Fahrrad? Soweit raus aus der Stadt? Na, ich weiß nicht..."
„Ich denke, es wird ihr nicht schaden.", schaltete sich Ralf nach einem hilfesuchenden Blick seiner Tochter in das Gespräch ein. „Das Fahrradfahren an der frischen Luft wird ihr gut tun und sie hat die Möglichkeit sich um Tiere zu kümmern und Erfahrungen zu sammeln ohne dass ihr gleich eins anschaffen und die volle Verantwortung tragen müsst. Und der Umgang mit Tieren scheint Josy sehr wichtig zu sein."
Nach kurzem Zögern willigte Josys Mutter in das Vorhaben ein. Josy wusste zwar nicht, ob sie wirklich damit einverstanden war oder ob sie einfach jetzt ihre Ruhe haben wollte, aber das spielte nun gerade keine Rolle. Erlaubt war erlaubt!

„Danke, Mama!“ Stürmisch umarmte sie ihre Mutter, die dabei beinahe das Gleichgewicht verlor.
„Schön, dann wäre das auch geregelt. Ich fahr dann nach Hause“, verabschiedete sich Ralf.
Josy begleitete ihn noch an die Tür und flüsterte beim Abschiedskuss auch ihm ein glückliches Dankeschön ins Ohr.
„Schon gut. Pass auf dich auf, Kleines. Und... du hast ja meine Telefonnummer.“
Josy nickte. Sie wusste was er meinte.

Den Abend verbrachte sie mit Lesen in ihren Tierbüchern.
Vor dem Einschlafen kehrten ihre Gedanken nach Pilamaya zurück. Die Energie des Bären hatte wohl schon den Weg in ihr Leben hinter den Nebeln gefunden und ihr eine Möglichkeit verschafft sich mit Tieren zu beschäftigen.
Dankbar kuschelte sie sich an ihren Teddy.
Owl hatte Recht behalten. Es funktionierte auch bei ihr – und das sogar unerwartet schnell.

Amethyst

Als Sheila und Josy sich am nächsten Morgen am verabredeten Ort trafen, sprudelte Josy geradezu über vor Neuigkeiten, die sie loswerden wollte.
Sie erzählte von Susan, und dass sie am Wochenende prima miteinander ausgekommen waren, von Susans Idee mit dem Tierheim, von Spencer und der Erlaubnis nun öfter ins Tierheim zu fahren. Das Einzige, was sie nicht erwähnte, war, dass ihre Mutter am Wochenende wohl gehörig betrunken gewesen war. Das wollte Josy lieber selbst vergessen – allein der Gedanke daran tat ihr weh.
„Und wie war es bei dir?“, befragte sie die Freundin.
„Ach, eigentlich auch nicht schlecht.“
„Und deine Eltern, was haben sie gesagt?“
Sheila zuckte die Schultern.
„Papa war kurz da... Er hat gesagt, er und Mama hätten eben im Moment Schwierigkeiten miteinander. Deshalb würde er jetzt erst mal noch ein paar Tage weg bleiben. Danach würde man weiter sehen.
Mama hat irgendetwas von einer Eheberatung gesagt. Ich glaube, das sind Leute, zu denen verheiratete Leute gehen können, wenn sie Probleme miteinander haben. Die versuchen dann zu helfen.“
„Na immerhin, das ist doch schon mal was. Vielleicht wird es ja wieder!“
„Vielleicht...
Du, ich hab am Mittwoch Geburtstag. Mama sagt, sie hat jetzt nicht den Kopf dazu Geburtstag zu feiern; aber ich darf zwei Freundinnen ins Schwimmbad und zum Pizza-Essen einladen. Magst du kommen?“
„Gerne! Ich freue mich drauf!

Noch während sie das Schulhaus betraten, beschloss Josy Susan anzurufen, um sie zu fragen, wo sie Beryll gekauft hatte. Sie wollte Sheila einen Kristallfreund schenken... schaden konnte es ja nicht.
Vielleicht würde Sheila ja auch den Weg nach Pilamaya finden.

Als Josy nach einem fürchterlich langweiligen Schulmorgen zu Hause ankam, ging sie sofort zum Telefon.
„Der Kristall ist von einem Schmuckgeschäft in der Stadt", erklärte ihr Susan am anderen Ende der Leitung. „Aber ich fahre heute Mittag auf einen Trödelmarkt. Dort gibt es sicher auch so was. Wenn du willst, komm ich dich um halb vier abholen."
Josy stimmte dem Vorschlag begeistert zu.
Als sie den Hörer auflegte, blicke sie noch einige Zeit auf das Telefon vor ihr.
Seltsam, was sich in ein paar Tagen verändert hatte... Sie, Josy, verabredete sich mit Susan! Kaum zu glauben! Und das Beste daran war – sie freute sich sogar darauf!
Da ihre Mutter einkaufen war, ging Josy gleich in ihr Zimmer und machte Hausaufgaben.
Gerade als sie fertig war, kam ihre Mutter nachhause. Sie hatte Hähnchen und Pommes mitgebracht, die sie jetzt gemeinsam aßen.
Heute sah sie wieder ganz normal aus und hatte auch kein Kopfweh mehr.
Josy hatte einmal gehört, dass es für Menschen wie Mama auch Beratungsstellen gab. Sie glaubte sich auch daran zu erinnern, dass der Biologielehrer in der Schule mal so etwas erwähnt hatte.
„Ich frage Susan oder Papa mal", beschloss sie in Gedanken, „die wissen das bestimmt."

Um halb vier stand, wie versprochen, Susan vor der Tür. Unter den erstaunten Blicken ihrer Mutter stieg Josy ins Auto.
Auf dem Trödelmarkt gab es tatsächlich einen riesigen Stand mit Edelsteinen.
Mit Susans Beratung entschied sie sich für einen Kristall, der Beryll sehr ähnlich sah. Nur waren dessen Kristallspitzen lila. Sein Name war Amethyst.
Josy versuchte sich vorzustellen, wie er wohl in Pilamaya als Kristallwesen aussah.
Pilamaya... sie hatte das Gefühl, ihr letzter Besuch dort sei schon ewig her... es war soviel geschehen seitdem... Am Abend wollte sie unbedingt wieder dort hin. Sie hatte schließlich jede Menge zu erzählen.
Gemeinsam schlenderten Susan und Josy noch über den Trödelmarkt, fanden aber weiter nichts, was sie kaufen wollten.
Auf dem Rückweg fuhren sich noch im Tierheim vorbei. Susan schloss für Josy einen Patenschaftsvertrag ab. Sie besprachen, dass es am Anfang nötig wäre, dass sie von einem Erwachsenen begleitet würde. Nach drei oder vier Besuchen dürfte Josy dann auch alleine kommen, wenn sie sich bis dorthin als zuverlässig erwiesen hätte.
Bevor sie das Tierheim verließen, besuchten sie Spencer, der dann also von heute an Josys Pflegehund war. Während Susan und Mrs. Scott sich noch kurz über Katzen unterhielten, erzählte Josy ihm, was sie in Zukunft noch alles gemeinsam unternehmen wollten.

Daheim angekommen verflog die Zeit bis zum Abend. Bis Josy den Amethyst liebevoll eingepackt und einen langen Brief für Sheila dazugeschrieben hatte, war es schon nach acht Uhr. Sie hatte in ihrem Brief nichts von

Pilamaya erwähnt. Das sollte Sheila schon selbst herausfinden. Aber sie wollte ihrer Freundin mitteilen, dass der Amethyst etwas Besonderes war.
Josy machte sich in der Küche noch ein Brot, ging wieder in ihr Zimmer und machte sich bereit für eine erneute Reise nach Pilamaya.
Doch als sie Beryll bereits in der Hand hatte, zögerte sie. Dann legte sie ihn neben sich auf die Bettdecke, setzte sich mit gekreuzten Beinen und richtete sich gerade auf. Zuerst wollte sie sich noch um ihr Leben hinter den Nebeln kümmern!
Leise murmelte sie das Gebet der Weißen Büffelfrau, wiederholte es noch zweimal und griff dann nach ihrem Teddy. In Gedanken sprach sie mit ihm – oder vielmehr mit dem Hüter des Westens – und bat ihn, auch ihrer Mutter den richtigen Weg zu zeigen.

Jetzt nahm sie Beryll erneut in die Hand.
Nun konnte sie ihre Reise beruhigt beginnen.

Ein neuer Tag – ein neues Leben

Als sie Pilamaya erreichte, war es dort noch dunkel. Während bei ihren früheren Besuchen die Sonne immer schon aufgegangen war, kündigte heute erst ein schmaler, schwacher Lichtstreifen im Osten den neuen Tag an.
Erstaunt bemerkte Josy Wambli, die sie mit Sunrise und Hazel am Wegrand erwartete.
„Steig auf, ich möchte dir heute etwas Wunderschönes zeigen.“, empfing Wambli sie.
Josy wollte Genaueres erfragen, aber Wambli legte den Finger auf ihre Lippen. Sie wollte jetzt nicht reden. Also ritten sie schweigend nebeneinander durch den erwachenden Wald.
Obwohl Josy neugierig war, was Wambli ihr zeigen wollte, genoss sie den ruhigen Ritt. Immer mehr Vögel begannen ihr frühmorgendliches Konzert, die Bäume rauschten leise im lauen Morgenwind, hin und wieder sahen sie einen aufgeschreckten Hasen, der eilig durchs Unterholz hoppelte oder ein neugieriges Reh, das hinter den Bäumen hervorspähte.
Ihr Weg führte sie in Richtung Osten, dem Lichtstreifen am Horizont entgegen, der sich nun rot verfärbte und dabei langsam immer breiter wurde.
Gerade als die dunkelrote Sonne ihre ersten Strahlen nach Pilamaya sandte, hielt Wambli ihr Pferd an und stieg ab.
Sie standen am Waldrand auf einem riesigen, flachen Felsen von wo aus sie eine schöne Aussicht hatten. Vor ihnen ging die Sonne über dem See auf, der sich direkt unter ihnen befand und dessen Wellen sich leise an den Felswänden brachen.

Immer noch schweigend fasste Wambli Josy an der Schulter und zeigte nach links oben. Über ihnen näherten sich zwei riesige Vögel, die Josy bald als Adler erkannte. Majestätisch ließen sie sich vom Wind in Richtung See tragen.
„Das sind die Hüter des Ostens“, flüsterte Wambli. „Sie haben ganz in der Nähe ihren Horst. Jeden Morgen kommen sie bei Sonnenaufgang hierher.“
Die beiden Adler zogen nun über dem Wasser ihre Kreise. Spiralförmig ließen sie sich höher und höher tragen, während die Sonne immer weiter aus dem Wasser auftauchte und das Gefieder der beiden riesigen Vögel wie Gold erscheinen ließ.

„Jeder Tag beginnt für sie in Ruhe und Frieden. Jeden Tag fliegen sie ihre Kreise aufs Neue. Jeden Tag streben sie in Freiheit nach oben, immer dem Licht entgegen. Jeder Tag zeigt ihnen neue Wege und neue Ziele. Jeder Tag wird als einzigartig begrüßt und gelebt.“

Nachdem auch der letzte Teil der Sonne über dem See sichtbar geworden war, wurde es nun schnell hell. Hoch oben, im heller werdenden Blau des Himmels, verabschiedeten sich die beiden Adler und machten sich auf den Weg – auf den Weg in einen neuen Tag – auf ihren Weg, der nur ein Ziel hatte: zu leben nach der Art der Adler im Einklang mit der Natur.

Auch auf dem Rückweg sprachen Wambli und Josy nur wenig. Doch diesmal ging das Schweigen von Josy aus.
Die vergangenen Reisen nach Pilamaya hatten ihr gezeigt, wie viel die Menschen hier von den Tieren lernten. Heute brauchte sie keine Erklärung für das Gesehene.
Sie erinnerte sich an viele Tage, an denen sie schon schlecht gelaunt aufgestanden war, an Tage, an denen sie morgens schon gewünscht hatte, sie seien zuende. Solche Tage verliefen meist sehr unerfreulich. Sie begriff, dass dies nicht verwunderlich war, denn sie hatte diesen Tagen ja auch keine Chance gegeben gute Tage zu werden!
Josy nahm sich fest vor, in Zukunft jeden Tag freundlich zu begrüßen, so wie die Adler es ihr gezeigt hatten.

Im Lager hatte das gewohnte morgendliche Treiben begonnen und vom See her riefen die Trommeln zum Gebet. Gemeinsam mit Inila und Tschunka folgte Josy ihrem Ruf, während Wambli mit Owl und den meisten anderen Frauen im Lager zurückblieb. Die Männer hatten tags zuvor eine erfolgreiche Jagd. Fleisch und Häute mussten verarbeitet werden und dies war traditionell die Aufgabe der Frauen.

Wie bei ihrem ersten Besuch verfehlte die Stimmung am See auch heute ihre Wirkung auf Josy nicht. Doch diesmal schienen die Trommelklänge ihre Gedanken zu klären.
Sie konnte die Erlebnisse in Pilamaya nun zu einem klaren Bild zusammenfügen:
Sie erlebte noch einmal ihre Ankunft in Pilamaya und ihren Blick auf Nagi mokotsche durch die Flammen des Heiligen Feuers.
Sie begriff die Lehre des Medizinmanns, der den Menschen half ihre Ängste loszuwerden und einen sinnvollen Lebensweg zu finden.
Sie sah noch einmal die Kojoten, die trotz aller Gefahren und Schwierigkeiten das Leben in Pilamaya genossen.
Sie verstand, dass die Büffelfrau ihre Aufgabe darin sah, die Menschen auf ihrem Weg zu unterstützen, indem sie immer und immer wieder daran erinnert, dass alles Leben ein Kreislauf ist
…und schließlich war ihr bewusst, dass diese Dinge ihr einen eigentlich ganz einfachen, und doch so schweren Weg in ein glückliches Leben zeigen konnten.
Wie zur Bestätigung ihrer Gedanken sah Josy im Osten einen Adler auftauchen, der würdevoll seine Kreise über dem See zog.

Die Trommeln schwiegen. Die Zeit des Gebetes war für heute beendet. Nach und nach machten sich alle auf den Weg ins Lager.
Auf dem Rückweg kam ihnen ein kleiner Junge entgegen. Er lief zu Tschunka und flüsterte ihm aufgeregt etwas zu.
Tschunka nickte und sagte zu Josy: „Eine Pferdedame scheint Schwierigkeiten bei der Geburt ihres Fohlens zu

haben. Wenn du möchtest, komm mit, vielleicht können wir ihr helfen."
Das ließ Josy sich nicht zweimal sagen und auch Inila ble folgte ihnen, als sie im Laufschritt den Weg zu den Wiesen abbogen.
Schon von Weitem sahen sie die Stute, die etwas abseits der Herde im Gras lag. Sie sah erschöpft aus und schlug immer wieder mit der Nase gegen ihren Bauch. Ihr Körper war schweißbedeckt. In kurzen Abständen wurde ihr Körper von Krämpfen geschüttelt.
Josy stand wie versteinert und starrte entsetzt auf die Stute.
Tschunka näherte sich dem Tier, während er leise und beruhigend auf sie einsprach. Ein kurzer prüfender Blick schien ihm die Situation der Stute zu erklären.
„Das Fohlen kann nicht heraus. Es liegt falsch herum. Ihr müsst mir helfen."
Er ignorierte Josys fassungslosen Blick und gab seine Anweisungen:
„Inila, du gehst zum Kopf der Stute und redest mit ihr. Josy, du kommst mit mir. Aber pass auf die Beine der Stute auf, damit sie dich in ihrem Schmerz nicht verletzt. Wir müssen das Kleine herausziehen."
Inila tat, was ihr aufgetragen worden war. Josy stand wie angewurzelt.
„Nun komm schon, wir haben nicht mehr viel Zeit, wenn das Kleine überleben soll. Du schaffst das schon!"
Was nun geschah erlebte Josy wie im Traum:
Tschunka begann ein monotones Lied zu singen und hatte nach wenigen geübten Griffen zwei winzige Hufe in den Händen. Er wies Josy an, den Schweif der Stute zu halten. Er selbst begann langsam und gleichmäßig an den Beinen des Fohlens zu ziehen.

Ein Zittern ging durch den Körper der Stute. Mit einer letzten, gewaltigen Anstrengung gelang es ihr das Fohlen zur Welt zu bringen.
Tschunka entfernte die Haut, die das Fohlen noch umgab und reinigte dessen kleine Nüstern, damit es atmen konnte.
„Hier, nimm mein Messer und trenne die Nabelschnur ab. Normalerweise beißt die Stute sie selbst durch, aber ich glaube, sie muss sich erst einmal erholen."
Vorsichtig schnitt Josy die Nabelschnur an der Stelle, die Tschunka ihr zeigte, durch.
„Achtung, sie will aufstehen", hörten sie Inila sagen.
Tschunka und Josy gingen zur Seite.
Obwohl die Stute völlig erschöpft war, richtete sie sich auf; aber trotz aller Anstrengungen gelang es ihr nicht sich zu erheben.
Tschunka nahm das Fohlen und trug es vorsichtig zur Stute. Er legte es im Gras neben ihr ab – so, dass sie es mit der Nase bequem erreichen konnte.
„Sie möchte ihr Kind begrüßen. Wenn sie das aus eigener Kraft nicht schafft, müssen wir eben helfen. Dieser Augenblick ist wichtig – für sie und für das Fohlen."
Beinahe ehrfürchtig beobachteten sie, wie die Stute begann ihr Fohlen zärtlich abzulecken.
Minutenlang war sie nur damit beschäftigt; bis das Fell des Kleinen zwar noch nass, aber sauber war. Das Fohlen lag während der ganzen Zeit ruhig.
Plötzlich stupste die Stute ihrem Kind auffordernd in die Flanken. Dieses hob den Kopf und versuchte sich aufzustellen. Nach einigen missglückten Versuchen stand es schließlich wackelig auf seinen langen Beinen.

Auch die Stute erhob sich nun und zeigte dem Neugeborenen den Weg zu ihrem Euter, an dem es schmatzend zu trinken begann.
Josy stand nur da und schaute. Sie hatte Tränen in den Augen – Tränen der Freude. Sie hatten es geschafft. Das Fohlen lebte.
„Ich glaube, die beiden brauchen unsere Hilfe nicht mehr. Lasst uns gehen. Was sie nun brauchen, ist Ruhe!"
Schweren Herzens trennten sich die beiden Mädchen von Mutter und Kind.
„Es ist doch sicher toll, wenn man Tieren immer helfen kann, so wie du, oder?", fragte Josy Tschunka.
„Leider kann ich nicht immer helfen, Josy. Oft kann auch ich nichts mehr für die Tiere tun. Und es ist sehr schwer ein Wesen leiden zu sehen und zu wissen, man kann nicht helfen.
Umso schöner ist es natürlich, wenn man, so wie heute, Leben retten kann.
Auch bei meiner Arbeit mit den Pferden hat alles seine Licht- und seine Schattenseiten."

Als sie im Lager ankamen, war es schon Nachmittag geworden. Sie halfen den Frauen bei der Arbeit, wobei Josy lernte, wie man Fleisch in dünne Streifen schnitt und zum Trocknen aufhing um es haltbar zu machen.
Gegen Abend rief Owl Josy in ihr Zelt.
„Du warst heute bei den Adlern?"
Josy nickte.
„Ich möchte dir etwas zeigen."
Owl hängte von der Seite des Tipis etwas ab. Sie reichte es Josy.
Es waren zwei Federn, die mit Hilfe eines Lederstreifens an den Kielen zusammengebunden waren.

Die Lederbändchen waren mit Perlen reich verziert. An ihrem unteren Ende hing ein kleines Lederröllchen.

„Es sind Wunschfedern. Jeder in Pilamaya besitzt solche Federn. Die Kinder erhalten sie bereits zu ihrer Geburt.

Jeder Mensch hat Träume und Wünsche – und die braucht er auch!

Wir übergeben den im Moment für uns wichtigsten Wunsch unserer Feder und schicken ihn so in Gedanken auf den Schwingen der Adler zu Wakan tanka, dem Großen Geist. Hat sich ein Wunsch erfüllt, erhalten die Federn eine neue Perle. Du siehst ja, wie viele Perlen meine Federn bereits haben!“ Ein zufriedenes und zugleich dankbares Lächeln lag auf Owls Gesicht, während sie ihre Traumfedern betrachtete.

„Leider kannst du aus Pilamaya nichts mit in das Land hinter den Nebeln nehmen, aber ich denke, auch bei euch gibt es Vögel, die gerne bereit sind, deine Wünsche zu transportieren. Du kannst dir aus ihren Federn deine eigenen Wunschfedern herstellen.

Aber denke immer daran:

Wakan tanka schenkt dir einen Teil seiner Kraft, damit dein Wunsch sich erfüllen kann.

Das Wichtigste ist aber, dass du selbst etwas dafür tust!

Dein Wunsch gute Freunde zu haben kann sich nur erfüllen, wenn du selbst ein guter Freund bist.

Dein Wunsch gesund zu sein, kann sich nur erfüllen, wenn du etwas dafür tust, deinen Körper gesund zu halten und ihm während einer Krankheit hilfst, wieder gesund zu werden.“

„Ich verstehe... und mein Wunsch gute Noten in der Schule zu haben kann nur in Erfüllung gehen, wenn ich etwas lerne. Das ist eigentlich logisch...“

„Prima, ich denke, du hast verstanden. Deine Kraft und die Kraft wakan tankas zusammen, können deine Wünsche und Träume wahr werden lassen!
Und jetzt ab mit dir! Es wird Zeit für die Rückreise!"
Josy gab Owl die Federn zurück und wollte gehen.
„Josy..." Owl hielt sie zurück.
„Ich glaube, du solltest dich heute für eine längere Zeit von hier verabschieden..."
Erschrocken schaute Josy sie an. „Das kann ich nicht!", entfuhr es ihr.
„Doch, du kannst, Josy. Du hast viel gesehen und gelernt in Pilamaya. Aber du lebst im Land hinter den Nebeln. Mach dich nun auf – geh` deinen Weg und lass dir von den Wunschfedern und der Erinnerung an Pilamaya helfen."
Zum zweiten Mal an diesem Tag stiegen Josy die Tränen in die Augen. Aber dieses Mal waren es keine Freudentränen.
„Keine Angst, es ist kein Abschied für immer. Die Tür nach Pilamaya ist immer offen. Schon in ein paar Wochen wird es sich sicherlich wie von selbst ergeben, dass du uns wieder besuchst."
Owl nahm sie kurz in die Arme, flüsterte das vertraute „Toktscha" und schob sie dann sanft aber bestimmt aus dem Tipi.
Josy verabschiedete sich von Tschunka, Wambli und Inila ble und versuchte, sich nichts anmerken zu lassen. Irgendwie hatte sie aber das Gefühl, dass sie sowieso wieder einmal alle Bescheid wussten.
Langsam machte sie sich auf den Weg zum Felsen.
Auch wenn es ihr schwer fiel – Owl hatte wohl recht.
Sie sollte sich jetzt auf ihr Leben zu Hause konzentrieren.
Da gab es ja jede Menge zu tun.

Sie dachte an Spencer, um den sie sich nun kümmern durfte, an Sheila, die gerade jetzt ihre Freundschaft brauchte, an Susan und die Veränderung in der Beziehung zu ihr und an ihre Mutter...
Seufzend setzte sie sich auf den Felsen. Ihre Mutter – das war wohl etwas, was sie nicht ändern konnte. Sie konnte nur hoffen, dass ihre Mutter selbst etwas änderte. Und wenn nicht...?
„Können wir?“ Beryll stand vor ihr. Josy nickte.
Nach einem vorläufig letzten Blick über die Landschaft Pilamayas ging es zurück in das Land hinter den Nebeln.

In ihrem Zimmer angekommen, stellte Josy Beryll auf seinen Platz auf der Fensterbank und kroch dann unter ihre Bettdecke.
In dieser Nacht träumte Josy.
Sie sah die beiden Adler, die ihre Kreise über dem See vor der aufgehenden Sonne Pilamayas zogen. Dann kreisten sie über ihr selbst. Zwei Federn schwebten von hoch oben zu ihr herunter. Sie landeten genau vor ihr. Josy hob sie vorsichtig auf. Es waren ihre Wunschfedern. Mit ihnen würde sie jeder Zeit eine Verbindung zu Pilamaya haben.

Als sie am nächsten Morgen vom Rasseln ihres Weckers erwachte, konnte sie sich an jede Einzelheit ihres Traumes erinnern. Noch im Halbschlaf wusste sie: sie konnte jeder Zeit nach Pilamaya zurückkehren.
Nun war sie sicher: sie würde ihren Weg finden! Und sie war bereit ihn mit Freude zu gehen.
Sie stand auf und trat zum Fenster. Draußen nieselte es. Dicke, graue Wolken verdeckten die Sonne. Auf dem

Baum vor ihrem Fenster saßen zwei Vögel. Sie pfiffen und zwitscherten um die Wette. Sie begrüßten den neuen Tag und ließen sich in keiner Weise vom Regen stören.
Josy lächelte. Sie hatte verstanden.
Sie nahm ihren Ranzen, verließ ihr Zimmer, begrüßte ihre Mutter mit einem freudigen „Guten Morgen“ und machte sich auf den Weg – auf ihren Weg in einen neuen Tag.

Nachwort

Das Medizinrad ist in vielen alten Kulturen seit über 2000 Jahren bekannt und bildete bei den Indianern einen wichtigen Bestandteil ihres Lebens und ihrer Kultur.
Nach indianischem Glauben durchwandert ein Mensch im Laufe seines Lebens viele Positionen des Medizinrades und kann dabei von Tieren und Pflanzen Vieles lernen, was ihn auf seinem eigenen Lebensweg unterstützt. Vier wichtige Positionen sind dabei die vier Himmelsrichtungen. Ihre Hüter werden durch Tiere symbolisiert:
der weiße Büffel steht im Norden,
der Kojote im Süden,
der Bär im Westen und
der Adler im Osten.
Wer gerne mehr darüber nachlesen möchte, kann im Buch von Sun bear und Wabun wind (Das Medizinrad) viel Interessantes erfahren.

Josy lernt auf ihren Reisen in Pilamaya die Positionen der vier Himmelsrichtungen kennen.
Weitere Positionen wird sie wohl im Laufe ihres Lebens noch besuchen.

Wo Pilamaya ist?
Wer es sucht, wird es finden!

Toktscha…
und gute Reise!

spotted eagle

Namenserklärungen

Namen Lakota (Sioux)

Gleschka wambli	gefleckter Adler
Tschunka wakan	Pferd
Pilamaya	Danke (wörtlich: freudiges Ufer)
Nagi	Geist
Nagi mokotsche	Geisterwelt
Inila ble	stiller See
Toktscha	Tschüss
Wakan tanka	Großer Geist
Mato wakan	heiliger Bär
Hogan tokeya	erster Fisch

(Die Schriftsprache Lakota bietet, soweit mir bekannt ist, noch keine vollständig einheitliche Schreibsprache. Um die richtige Aussprache der Namen zu erleichtern, habe ich die Worte weitgehend so geschrieben, wie sie gesprochen werden.)

Namen Englisch

Owl	Eule
Hazel	Hasel (nuss)
Little bear	kleiner Bär
Sunrise	Sonnenaufgang
Mystery	Geheimnis
Mr. Brown	Herr Braun
Rising Sun	aufgehende Sonne
Beryll, Amethyst	Gesteinsarten